KB099943

헬리오스 나인

헬리오스 나인 3

한시랑 장편소설

초판 1쇄 찍은 날 § 2018년 5월 17일
초판 1쇄 펴낸 날 § 2018년 5월 24일

지은이 § 한시랑
펴낸이 § 서경석

총괄팀장 § 최하나
편집책임 § 신보라
디자인 § 신현아

펴낸곳 § 도서출판 청어람
등록번호 § 제387-1999-000006호
등록일자 § 1999. 5. 31
어람번호 § 제1-2903호

주소 § 경기도 부천시 부일로 483번길 40 서경B/D 3F (우) 14640
전화 § 032-656-4452 팩스 § 032-656-4453
http://www.chungeoram.com
E-mail § chungeorambook@daum.net

ⓒ 한시랑, 2018

ISBN 979-11-04-91733-2 04810
ISBN 979-11-04-91689-2 (세트)

※ 파본은 구입하신 서점에서 교환하여 드립니다.
※ 저자와 협의하여 인지를 붙이지 않습니다.
※ 이 책은 도서출판 청어람과 저작자의 계약에 의해 출판된 것이므로,
무단 전재 및 유포·공유를 금합니다.

한시랑 장편소설

FUSION FANTASTIC STORY

헬리오스 나인

3

도서출판 청어람

헬리오스 나인

• Contents •

1장

황해 해적의 본거지 I

이어도기지로 돌아가는 쿼드 캐리어 내부의 넓은 화물칸 중심에는 가부좌를 튼 채 무시무시한 기운을 뿜어내는 권산이 앉아 있었다. 의식이 끊어졌지만, 홍련이 반강제로 자세를 잡아주자 무의식중에 토납술을 행하는 것이다.

피부를 통해 막대한 진기가 반탄력을 만들어내어 갑옷의 이음매가 벌어지고 터질 듯 부풀어 올랐다. 홍련은 갑옷을 해체하고 권산이 흔들리지 않도록 벨트를 끌어와 몸을 묶었다. 그녀는 대사형인 제곡에게 단말기로 전화를 걸어 다짜고짜 소리쳤다.

"대사형, 오사형이 위험해요! 주화입마의 전조에 들었어요!"

—대체 무슨 일인 것이냐?

"설명하자면 길어요. 혼자서는 어찌할 도리가 없으니 도와 주세요."

—알겠다. 대평원 남단에 있는 것으로 아는데 현재 위치가 정확히 어디냐?

"지금 쿼드 캐리어로 비행 중이에요. 좌표 부를게요. 북위는… 동경은……."

—좋아, 아주 가깝군. 내가 전송하는 좌표로 곧바로 오거라. 한시가 급하다. 사제들은 내가 부르겠다.

홍련은 문자로 전송된 좌표를 받아 들고 1호기를 조종하는 진광에게 갔다.

"이 좌표로 곧바로 가줄 수 있나요?"

진광은 그 특유의 웃음도 짓지 못한 채 운행 화면에 좌표를 입력하고는 고개를 가로저었다.

"기지와는 반대 방향인 데다 오히려 되돌아가는 루트인데, 맞습니까?"

"확실해요. 이곳으로 바로 가주세요."

진광이 1호기의 방향을 틀었다. 무찰린다와 조우한 바로 그 동굴은 아니었으나 상당히 근접한 대협곡 구역이었다.

좌표는 정밀했고, 대협곡을 따라 강하를 시작한 뒤 얼마 되지 않아 협곡의 경사면에 인공적으로 평평하게 깎인 붉은 암석 지대가 나타났다.

그곳에서 십여 명의 인원이 조명탄을 터뜨리며 1호기를 유도했다. 홍련은 그 가운데 제곡과 제요가 있음을 발견할 수 있었다.

'여기가 바로 황해 해적의 본거지로구나. 무찰린다를 죽인 곳과 이렇게 가깝다니.'

1호기가 착륙하고 해치를 열자 제곡과 제요를 필두로 중화기를 지닌 남성들이 마구 밀고 들어왔다. 권산 주위에서 주변을 경계하던 현무 알파들이 경계심 가득한 눈으로 그들을 쳐다보았다.

"모두 긴장 푸세요. 제 사형들이에요. 대사형, 무기 좀 치워요."

제곡은 입술을 꾹 다문 채 고개를 가로저었다.

"육사매, 일이 다급하여 우리 본거지의 좌표를 불러주긴 했지만, 이곳의 위치는 정말로 비밀로 되어 있어. 이들을 믿을 수 있어? 아니라면 일단 억류하는 수밖에 없다."

홍련은 거칠게 고개를 저었다.

"오사형의 동료들이에요. 믿을 수 있는 분들이니 빨리 오사형이나 챙기세요."

제곡은 손을 저어 해적들을 물리고는 마른 몸에 날카로운 눈이 인상적인 제요과 함께 권산을 들어 올렸다. 권산의 반탄 강기를 버텨내기 위해 내공까지 끌어 올리자 주변의 공기가 끓어오르는 듯했다.

"오사제를 내리면 그 즉시 다른 분들은 떠나게 해라."

제곡은 준비한 들것에 권산을 눕히고 쿼드 캐리어에서 내려갔다. 홍련은 진광과 현무 알파에게 권산이 몹시 위중하므로 치료가 끝나는 대로 연락을 주기로 하고 1호기에서 내렸다.

부대 정비는 강철중이 우선 대리로 맡기로 했고, 무찰린다의 사체 처리는 현무 알파가 현무 길드에 연락해서 잘 처리하기로 했다.

1호기가 떠나고 황해 해적들은 들것을 경호하며 암벽으로 걸어갔다.

붉은 암벽은 갈라진 틈도 없이 매끈해 보였으나 가까이 다가서자 비반사 처리된 굴절 유리로 된 통로가 보였다.

통로로 먼저 들어가는 사람을 보니 마치 벽 속으로 빨려들어 가는 듯한 착시 효과가 일었다. 주변의 빛이 굴절 유리를 통해 왜곡되어 퍼지기 때문에 아주 근접하지 않고서는 통로가 있다는 것을 볼 수 없을 듯했다.

유리 통로를 지나 몇 분간 어두운 구역을 야광 표지에 의존해 걸어가자 지하 쪽 대각 방향으로 뚫린 거대한 터널이 눈에 들어왔다. 제요가 눈이 휘둥그레진 홍련을 보며 말했다.

"황해 해적의 본거지는 이토록 깊은 지하 속에 있단다."

터널에는 레일이 깔려 있었고, 그 레일 위의 리프트에 모두가 올라서자 제요가 제어반을 조작했다.

10분간 리프트가 더욱더 깊은 지하로 파고들어 가자 홍련은 하강하는 리프트 위에서 지하 깊숙이 감춰진 지하 도시를 목도할 수 있었다.

지하 도시는 땅속에 감춰진 거대한 항아리와 같은 지형이었다. 지면 쪽에서 들어오는 태양광은 도시의 중심부를 비추고 있었지만 넓지 않았고, 나머지 구역은 인공조명을 켜서 도시를 밝히고 있었다.

아파트로 보이는 많은 시멘트 구조물마다 사람들이 살아가는 듯했다. 지하 도시의 20% 면적의 호수와 지하수가 흐르는 강도 있었기에 식량만 자급할 수 있다면 얼마든지 살아갈 수 있어 보였다.

제요가 걱정스러운 눈으로 쓰러진 권산을 보다가 홍련의 어깨를 툭 건드렸다.

"놀랐지? 이런 곳이 있었기에 천 명이나 되는 황해 해적이 가족들을 데리고 꼭꼭 숨어 지낼 수 있었던 것이다."

"네, 놀랍군요. 이런 지형이 있었다니."

"이곳은 청정 지역만큼이나 방사능 수치도 낮다. 빛이 적고 습기가 많은 것만 빼면 괴수에게서 안전하니 살아가기 나쁜

곳은 아니다."

리프트가 멈추자 경호하던 해적들이 다시 경비를 위해 각자의 자리로 흩어졌다. 홍련은 사형들을 따라 도시 중앙에 있는 사령부 건물로 들어갔다.

제곡이 말했다.

"이 도시는 수십 년간 나름대로 고도화되었어. 이 사령부에서 도시 전체의 전력과 순환 시스템을 컨트롤할 수 있지. 우리 용살문에서 황해 해적을 접수하긴 했지만, 불만이 있는 자들도 여전히 있다. 이 사령부 안에 있는 인물들은 모두 믿을 만하지만 밖의 해적들과 마주치면 일단 의심부터 하고 보거라. 정말로 흉악무도한 놈들이 많으니까."

"휴, 떨리네요. 오사형이 낫는 대로 저는 빨리 나가고 싶어요."

제곡은 사령부의 심처에 권산을 눕히고 한 손은 기해혈에, 한 손은 중완혈에 올리고 상태를 살폈다. 깊게 파인 이마의 주름살이 일그러지며 제곡은 급히 손을 떼고야 말았다.

"오사제의 기혈이 용암처럼 들끓고 있다. 혈맥도 많이 상했어. 아무래도 그동안 용살검 후반 3식과 같은 미완의 무공을 너무 남발한 것 같다. 오사제의 경지가 유궁의 단계에 올라 있기 때문에 이미 나 혼자서는 어찌할 도리가 없다. 제요, 너도 나서거라."

사형제는 모두 동일한 용살기공을 익혔기에 여럿이 내공을 합기해도 무방했다. 제곡과 제요가 필사적으로 권산의 내공을 인도해 소주천을 시키려 했으나 권산이 가진 2갑자 내공이 둘의 내공을 넘어서고 있었기에 시도는 실패로 끝나고 말았다.

온 내공을 소진한 제곡이 지친 음색으로 말했다.

"안 되겠다. 사매가 더해져도 이 정도의 공력 차이는 메우기 어렵다. 삼사제나 사사제가 와야만 진기도인을 성공시킬 수 있겠어."

홍련이 탄식하며 말했다.

"등자룡 사형은 항주에 있고 제순 사형은 일본에 가 있지 않나요? 하필 이런 때에 다들 멀리 있다니."

제곡이 심호흡을 하며 말했다.

"다행히 사사제를 쉽게 여기로 오게 할 방도가 있지. 사매도 보면 깜짝 놀랄 것이다."

제곡은 사령부의 위성 회선으로 등자룡과 통화를 한 후 한 시간 뒤 누군가를 호출했다. 심처에 백발이 성성한 중국식 복색의 노파가 한 명 들어섰다.

"끌끌끌, 뭔 일이 급하다고 나를 찾았누?"

"공 노파께서 도와주셔야겠소. 장소는 항주요."

"콜록콜록, 나도 기력이 예전만 못해서리. 아무래도 보수를 세게 받아야 할 것만 같으이."

"내가 언제 실망시킨 적이 있소이까?"

"없지, 없지. 암! 지금 바로 하면 되지?"

"그렇소. 반대쪽에서는 준비가 끝났소."

공 노파는 양 손바닥을 관자놀이에 붙이고 뭔가를 중얼거리며 한참을 집중했다. 그러자 놀랍게도 노파의 몸이 점점 투명해지며 순간적으로 번쩍하는 섬광과 함께 장내에서 사라졌다.

"앗!"

홍련은 대경실색하여 사위를 돌아보았으나 노파의 신형을 어디에서도 찾아볼 수 없었다. 30초 뒤 노파는 본래 사라진 바로 그 위치에 점멸하듯 깜박이며 나타났고, 누군가 노파의 손을 맞잡고 있었다. 바로 등자룡이었다.

"사사형!"

"사매로구나."

등자룡은 사형들에게 예를 갖추고 홍련을 보며 손을 들어 인사했다. 공 노파는 지쳤는지 느릿한 걸음으로 사라졌고, 홍련은 제곡에게 이 기이한 현상에 대해 묻지 않을 수 없었다. 제곡이 시원하게 답변했다.

"공 노파는 이능력자야. 공간 이동과 비슷해 보이지만, 정작 본인은 이동하지 못하는 이상한 능력이 있어. 공간 간섭이라고 하더군. 자신이 연상한 장소로 30초간 이동할 수 있는데 30초 뒤에는 어떤 반작용에 의해 다시 본래의 장소로 돌아와 버리지. 다만 누군가를 데리고 가서 어떤 장소에 놓고 올 수도 있고, 지금처럼 누군가를 데리고 지금 장소로 돌아올 수 있어. 쓰기에 따라서는 정말로 유용하지. 사실상 저 노파의 이능력이 없었으면 이 지하 도시의 탄생 초기에 보급 문제를 해결할 수 없었을 거야. 황해 해적에서는 원로 격이라 할 만하지."

홍련은 공격계 이능력만 보아온지라 공 노파와 같은 보조계 이능력이 신선하게 느껴졌다. 전투에는 영향을 주기 힘들지만, 쓰기에 따라서는 정말 대단한 능력이 아니라 할 수 없었다.

등자룡은 권산의 상세를 살피더니 무겁게 굳은 표정으로 말했다.

"주화입마의 초기에서 중기로 넘어가는 것 같습니다. 이대로는 건잡을 수 없어요. 지금 바로잡아야 합니다."

사형제 중 기공 치유와 요상법에 가장 능숙한 등자룡의 말이니 확실할 터였다. 제곡과 제요, 등자룡과 홍련은 권산의 주변에 가부좌를 틀고 앉자 사방의 대혈에 장심을 붙이고 내공을 불어넣었다.

노도와 같은 내공이 권산의 체내로 유입되었고, 제곡의 진기도인에 따라 움직이기 시작했다. 모두가 하나의 내공심법을 익혀서 기의 파장이 일치하기 때문에 가능한 방법이었다.

모두는 입을 꾹 닫고 일정한 압력으로 진기를 불어넣는 데 주력했다. 제곡은 기경팔맥에 날뛰는 야생마와 같은 기운을 때론 안정시키고 때로는 태워 버리며 소주천에 이르는 행로를 뚫어나갔다.

이미 혈맥이 굳고 있는 단계인지라 작업은 몹시 더디고, 위험했다. 그렇게 한식경이 지나자 겨우 소주천을 성공시켰고, 이윽고 십이주천을 한 뒤 대주천의 단계로 접어들었다.

'됐다. 이제 오사제가 무의식적으로 대주천을 유지할 것이다.'

가장 내공이 약한 홍련은 코피를 쏟으며 필사적으로 자세를 유지하고 있었고, 모두가 기진맥진한 상황이었다. 제곡이 눈짓으로 신호를 보내자 네 명은 동시에 권산의 몸에서 장심을 떼었다.

'진원진기가 상했다.'

사형제들의 내공 합은 2갑자를 겨우 넘는 수준이었다. 권산의 폭주한 2갑자 내공을 제압하느라 각자는 2년가량의 진원진기를 소진하고야 말았다. 졸지에 권산은 10년의 내공을 얻은 것이다.

사형제들은 차례대로 운기조식에 들어갔고, 그렇게 모두는 무아지경에 빠져들었다.

*　　　*　　　*

"으음."

"정신이 들어요, 오사형?"

"홍 사매로구나."

권산이 침상에서 몸을 일으켰다. 사형제들의 도움으로 주화입마에서 벗어나고 의식을 잃은 지 일주일 만이었다. 권산은 사형제들과 재회했고, 안부를 나누며 사형제들이 자신을 치료하며 공력을 나누어 주었다는 것을 알게 되었다.

무술인에게 내공은 생명과도 같은 중한 의미가 있는 것이다. 그야말로 목숨을 나누어 받은 느낌이다.

'사형제들에게 큰 빚을 졌구나.'

권산은 제요의 안내에 따라 황해 해적의 본거지를 둘러보았다. 황해 해적의 본거지가 Y130 구역 어딘가에 있다는 풍문을 들은 바 있지만 이렇듯 지하에 마련된 폐쇄된 지역일 것이라고는 생각지 못했다.

"우리는 이곳을 호리곡이라 부른다. 보다시피 호리병 모양의 지형 지하에 거대한 공동을 만들고 3만 평가량의 면적이 원반의 형상으로 평평한 땅을 이루고 있지. 햇볕이 적게 들고 본토와 멀리 떨어진 것을 빼면 괴수로부터 안전하고 자급자족이 가능한 천혜의 장소다."

"중국 본토와의 거리를 봤을 때 연료와 식량 보급이 쉽지 않을 텐데요."

제요가 빙긋 웃으며 손가락으로 어딘가를 가리켰다. 호리곡 서쪽에 지하수가 콸콸 솟아오르는 수원이 있는데 바로 그곳이었다.

"거리상으로 가장 가까운 본토의 도시인 상해도와 800㎞나 떨어져 있지. 하지만 요르문간드 대협곡의 지하로 흐르는 수원이 상해와 항주 쪽으로 연결되어 있어. 과거 항주만이라고 불리던 곳 말이야. 융기해서 평원이 된 항주만에 특정 호수의 물이 바로 여기까지 이어져 있지. 그 물길을 통해서 우리는 보급을 받아왔고, 현재는 그 루트로 등자룡의 집안인 항주등가의 지원을 받고 있다."

권산은 탄성을 지르며 손바닥을 부딪쳤다.

"정말 놀라운 일이군요. 요르문간드 대협곡 내부에 그런 보급로가 있었다니."

"또 오사제도 겪어봤다시피 우리에겐 공 노파가 있어. 긴급한 일로 본토에 나가야 할 때는 공 노파의 이능력을 빌리면 가장 확실하지."

권산도 깨어난 뒤 홍련에게 공 노파의 이능력에 대해서 들었다. 등자룡을 눈 깜짝할 사이 호리곡까지 데리고 온 공간 간섭의 이능력은 전투 계열은 아니었으나 그 어떤 이능력보다도 무서운 능력이라는 생각이 들었다.

2장
황해 해적의 본거지II

그날 밤 사형제들은 한자리에 둘러앉아 각자의 근황에 대해 공유하는 시간을 가졌다. 제곡이 가장 먼저 입을 열었다.

"오사제의 정보를 가지고 삼사제가 일본으로 가서 한미향을 추적 중에 있다. 조상님이 도우심인지 바로 어제 삼사제가 한미향을 찾아냈다고 하는군. 다만 섣불리 그녀을 건드리기보다는 주변 정황을 살피라 지시했다. 이번에 놓치게 되면 아예 잠적할 확률이 높아. 때가 되면 제순이 우리를 일본으로 부를 것이니 정기적으로 연락을 취하다가 일시를 맞춰 공 노파의 능력을 이용해서 일본으로 떠나자."

등자룡이 이어서 말했다.

“저는 항주등가의 힘으로 암천회의 세력 판도를 지켜봤습니다. 우리가 황보가를 무너뜨리고 황해 해적을 흡수했지만, 황보가가 본래 관리하던 본토의 갱단은 야율가가 집어삼켰고, 또 지난겨울에 야율가가 관리하는 암시장에 A급 괴수 사체가 다량 유입 되면서 재정적으로도 풍족해지는 모습입니다. 아직 사마가에는 세력이 미치지 못하지만 가장 약체이던 야율가가 급속히 약진하는 모양새입니다.”

권산도 사형제들에게 현재 이어도기지에서 특수부대를 지휘하며 괴수를 사냥하고 있고, 특히 최근 중국 암시장에 유입된 A급 괴수 사체는 자신의 작품일 것이라는 점과 접근 금지 구역에 몰려드는 한중일 삼국의 헌터들이 자신이 퍼뜨린 오오카제 스토리에 현혹되었다는 점을 밝혔다.

제곡과 제요, 등자룡의 경우 오오카제에 대한 본토의 열풍을 이미 알고 있었으나 그것이 권산이 만들어낸 거짓 소문이라는 것을 들으니 박장대소할 수밖에 없었다.

“어찌 되었든 Y130 구역에 A급 괴수들이 상당히 청소가 되겠어. 우리에겐 좋은 일이야.”

제곡이 나지막이 중얼거렸다.

권산은 주화입마를 불러일으킨 원인에 대해 설명하며 무찰린다 동굴에서 양자 터널을 발견했다는 것을 말했다.

터널을 통과하면 바로 화성으로 갈 수 있다는 점과 사문의 원수인 암천마제가 화성에 있으니 언젠가 그 터널을 통과하여 화성에 갈 계획임을 밝혔다.

"양자 터널이라. 그런 게 있었다니 정말 놀랍군. 공 노파의 능력과 비슷하다고 생각하면 되려나."

"그렇습니다, 이사형. 사부님을 구하고, 이번 접근 금지 구역 레이드가 끝나는 대로 화성으로 떠날 생각입니다."

제요가 턱을 쓰다듬으며 말했다.

"양자 터널이라는 거… 얼마나 확실한지 모르니 너무 성급히 행동하지 말거라. 미지의 현상은 항상 위험하니까. 그런데 무찰린다의 동굴이라는 곳이 혹시 내가 아는 그 무찰린다의 동굴과 같은 곳인지 모르겠구나."

제요는 호리곡을 중심으로 사방 수십 킬로미터의 지형이 상세하게 나와 있는 지도를 탁자에 펼쳤다.

"20년 전 호리곡을 황해 해적이 근거지로 삼게 되면서 지상이 괴수들의 먹이가 되지 않기 위해 인접한 괴수들의 서식지를 세밀하게 조사해 오고 있다. 호리곡에서 외부로 이어지는 동굴이 수십 개가 있는데 그중 무찰린다의 서식지 동굴과 연결된 곳이 있어서 강제로 폐쇄하고 접근 금지를 한 상태거든."

제요가 지도에 점을 찍었다.

권산이 렌즈 화면을 뒤져서 좌표를 재확인하며 지도와 비교하니 과연 동일한 위치였다.

"맞습니다. 바로 그 위치입니다."

"하, 바로 이 무찰린다가 오사제의 손에 죽었군그래. 무찰린다가 죽었으면 호리곡에서 양자 터널까지 지하도를 통해 갈 수도 있겠어."

권산은 홍련을 보며 물었다.

"무찰린다의 사체 처리는 어떻게 됐지?"

"지금쯤이면 현무 알파가 부대원들과 신나게 사체를 분해하고 있을 거예요."

"바로 한번 가보자."

"나도 궁금하군. 사형제들 모두 같이 가보자."

제곡은 선두에서 사형제를 이끌었다. 호리곡의 북쪽 방면 절벽 면에 수없이 뚫린 동굴이 있었는데 랜턴을 들고 한 동굴을 찾아 들어갔다. 권산이 보니 벽면에 어떤 식별 기호가 음각되어 나름대로 미로 같은 통로를 구분 짓고 있는 듯했다.

20여 분을 걸었을까.

랜턴의 불빛이 아니고서는 완벽한 어둠과 축축한 습기만이 남은 동혈의 끝자락에 다다랐다. 뭔가 인위적인 흔적이 가해진 둥근 바위가 뭔가를 틀어막은 듯한 형상으로 설치되어 있었다.

"바로 저 바위가 무찰린다의 동굴과 우리 호리곡을 나누고 있지. 저게 아니었다면 호리곡에 인간이 산다는 걸 무찰린다가 눈치챘을 터."

권산이 앞으로 걸어 나가 바위를 매만졌다. 감각적으로 직경이 5미터에 이르는 큰 바위임이 느껴졌다. 아마도 동굴 벽을 가공해 뜯어낸 뒤 인력으로 굴려서 굴을 막은 듯했다.

"지금 부수겠습니다."

쿵!

크게 진각을 딛고 우권을 내뻗어 통천권을 전개했다. 황금빛 광휘가 권산의 어깨에서 주먹까지 번지며 강렬한 발경이 바위로 스며들었다.

쿠아앙!

쩌저적!

지진이 난 듯 동굴이 진동하며 바위가 쩍 하고 반쪽으로 나뉘어 굴곡 면을 따라 좌우로 굴러갔다.

아예 박살을 내는 것도 가능했으나 공연히 파편이 날리기 때문에 경을 날카롭게 뽑아서 기교를 부린 것이다

제곡은 만족한 표정으로 고개를 끄덕였다.

"오사제의 발경이 몹시 절묘하구나."

바위의 뒤로 이어진 동혈을 10분쯤 더 걸어갔을까. 주황빛이 가득 찬 공동이 눈앞에 드러났다. 예의 그 중심에는 불꽃 형상을 한 양자 터널이 일렁이고 있었다.

"대사형, 저것이 바로 양자 터널입니다."

"놀랍군. 저 통로 너머에 화성이 있다는 건가?"

거대한 불꽃이었다. 화성으로 이어진 출렁이는 공간은 사람 서넛이 손을 잡고 걸어 들어갈 만큼 넓었다.

권산은 바닥의 돌을 집어 양자 터널의 불꽃에 던졌다.

돌멩이는 불꽃과 부딪쳐 그야말로 녹아버렸다. 양자로 분해된 것이다.

'몹시 위험하군. 저것에 몸이 닿았다간 호신강기라도 버틸 재간이 없다.'

"절대 저 불꽃에 닿아서는 안 되겠군. 함부로 들어설 도리가 없어."

제곡의 말 그대로였다. 불꽃은 숨을 쉬듯 불규칙적으로 확장과 축소를 반복했기 때문에 정말 운이 좋지 않고서는 몸에 닿지 않고 입구에 들어서기 어려워 보였다.

일행은 양자 터널을 우회하여 계속 직진했다. 무찰린다 동굴의 입구로 나가는 것이다.

무찰린다의 꼬리가 보이기 시작하자 홍련의 말처럼 사체를 분해하는 부대원들이 보이기 시작했다.

피아 식별 과정에서 한바탕 소란이 있었지만 권산이 나서서 일을 정리했다.

"대사형, 제 몸도 회복되었으니 이제 복귀할까 합니다. 일본에서 소식이 오는 대로 불러주십시오."

제곡이 권산의 어깨를 두드렸다.

"그래, 때를 보아 부르마. 기지로 가는 대로 공 노파가 공간 간섭을 시전할 장소의 좌표와 사진 자료를 보내다오. 그동안 다른 사형제들과 호리곡을 우리 용살문의 새로운 근거지로 준비시키마. 악랄한 해적들의 싹을 정리하고 의리가 있는 형제들로 전력을 꾸릴 계획이다. 암천회에 맞설 우리의 세력 말이야."

권산은 홍련과 함께 준비된 쿼드 캐리어에 올랐다. 제곡과 제요, 등자룡이 거친 풍압과 함께 날아오르는 쿼드 캐리어를 향해 손을 흔들었다.

3장
박돈학의 욕심

기지로 돌아온 권산을 현무 알파의 멤버들이 격렬하게 환영해 주었다. 거의 죽다 살아난 것을 알았기 때문이다. 또 기지에는 생각지도 못한 인물이 와 있었다.

바로 차슬아였다.

"마스터께서 어쩐 일로 여기에?"

"호호, 얼마 전 피닉스 사냥으로 길드 재정이 몹시 풍족해졌어요. 감사의 표시도 할 겸 왔죠. 이야! 기지 잘해놨네요?"

"들어가서 이야기합시다."

작전실에 현무 알파 전원과 차슬아가 테이블에 둘러앉았다.

차슬아가 먼저 물을 한 모금 마시고 입을 열었다.

"짐작하셨겠지만 바쁜 제가 이어도까지 놀러 온 건 아니고요, 그럴 만한 사정이 있어요. 지금 현무 길드는 헌터관리국으로부터 엄청난 압력을 받고 있거든요."

권산이 되물었다.

"압력이라면?"

"모든 헌터는 사냥 후 렌즈 화면의 녹화 자료를 헌터관리국에 제출할 의무가 있잖아요. 헌터관리국은 그 자료를 통해 괴수의 정보를 모으고 헌터들의 등급을 평가하죠. 피닉스의 사체를 시장에 풀고 라독을 매각하자 곧바로 헌터관리국에서 연락이 왔어요. A급 괴수에 대한 사냥 자료를 그들도 엄청나게 갖고 싶었던 것이죠. 이례적으로 영상 자료를 즉시 제출하라고 명령이 내려왔고, 나름대로 항의해 봤지만 소용이 없었어요. 그래서 잠시 여기로 몸을 피한 거예요. 현무 알파를 통해 쿼드 캐리어가 목포로 와주셨고요."

권산은 한숨을 내쉬었다. 영상 자료를 넘기면 접근 금지 구역 내부에서 사냥을 한 것과 괴수 사냥이 금지된 군인들과 연합하여 사냥을 한 것이 밝혀진다. 어느 쪽이든 밝힐 수 없는 부분이었다.

"시간을 끈다고 해결되겠소?"

차슬아가 주먹을 불끈 쥐며 말했다.

"물론이에요. 이 문제는 시간을 끌면 알아서 해결될 거예요. 지금 국내의 난다 긴다 하는 길드들이 접근 금지 구역에 진입해서 레이드를 벌이는데 그들도 헌터관리국의 요구를 하나같이 묵살하고 있거든요. 어찌 되었든 현행법에 저촉되는 행위를 한 것이니 자발적으로 증거를 내밀 수는 없어요."

차슬아의 말에도 일리가 있었다. 차라리 박돈학의 암시장 루트를 통해 사체를 처리하는 게 더 깔끔하다는 생각이 들었다. 워낙에 큰 자본이 오가는 시장이다 보니 통일한국 정부의 통제가 심했다. 차슬아가 말을 이어갔다.

"하여간 지금 이 바닥은 난리예요. 이지스 길드를 필두로 한 한국 원정대가 이미 A급 괴수 세 마리를 사냥했고, 중국은 두 마리, 일본은 세 마리를 사냥한 것 같더군요. 귀한 고등급 괴수 사체가 시장에 마구 풀리니 업계 전체가 끓어오르는 모양새예요."

차슬아의 말처럼 오오카제의 풍문과 함께 헌터 업계는 연일 접근 금지 구역에서 들려오는 사냥 소식에 불타오르고 있었다.

"삼국의 원정대가 목적지에 도착했겠군."

"아, 맞다! 오오카제!"

차슬아가 박수를 치며 경호성을 내질렀다. 권산이 주화입마로 인해 정신을 잃은 동안 오오카제의 추정 위치로 삼국의 헌터들이 모여들었다. 많은 희생자를 내었고, 그 과정에서 A급 괴수를 사냥했지만 처음부터 목표는 오오카제뿐이었다.

"그런데 그 위치는 권 헌터님이 가짜로 아무 좌표나 퍼뜨린 것 아니었나요?"

"그렇소만."

"그럼 정말 우연일까요? 그곳엔 정말 바짝 녹이 슨 전함이 좌초되어 있거든요."

권산도 고개를 갸우뚱거렸다. 그저 자신의 사냥 루트와 겹치지 않게 하기 위해 적당한 좌표를 찾아 소문을 낸 것인데 하필 그곳에 전함이 침몰되어 있다니.

'태평양전쟁 때 침몰한 이름 모를 배인가 보군.'

"그럼 누가 벌써 배를 탐색해서 금괴가 없다는 사실을 알았겠군."

"그게, 일이 좀 꼬였어요. 하필 전함이 무찰린다의 서식지 근처에 있어서 삼국의 원정대 어디도 쉽사리 접근을 못 하고 있거든요. 멀찍이서 캠프를 차리고 서로 눈치만 보는 모양이에요. 무찰린다의 위치나 크기를 보건대 아무래도 10년 전 200명 규모 연합 레이드를 전멸시킨 바로 그놈 같아요. 놈의 악명이야 모르는 헌터가 없으니 괜히 나서서 죽기 싫은 것이죠."

"일이 그렇게 되었군. 침소를 마련해 줄 테니 당분간 머물러도 좋소."

"호호, 방은 이미 민주 언니랑 같이 쓰는데요. 그래도 되죠?"

"원하는 바대로 하시오."

권산은 사령부 뒷마당 공터의 좌표와 사진을 제곡의 단말기로 전송했다. 어떤 상황에서 공간 간섭을 이용할지 몰라 좌표점 인근에 바리케이드를 치고 출입을 통제했다.

기지를 한 바퀴 돌며 외벽을 점검하는데 권산의 렌즈 화면에 전화 기호가 떠올랐다. 발신처는 박돈학이었다.

—권 소령, 오랜만에 연락하는군.

"그렇소만."

—요즘 사냥이 뜸한데 말이야. 특수부대를 너무 놀리는 게 아닌가 싶어?

가장 최근 사냥한 피닉스와 무찰린다는 현무 길드를 통해 처리하다 보니 박돈학의 입장에서는 사냥을 쉰 것으로 아는 것이다.

"그 조급증은 여전하시오. A급 괴수를 사냥하는 건 전쟁을 준비하는 것과 같소."

—아아, 진정하라고. 이번에 연락한 건 아주 특별한 의뢰를 위해서니까.

권산이 낮은 음색으로 되물었다.

"의뢰라면… 레이드가 아닌 모양이오만."

—맞네. 오지에 들어가 있는 자네는 모를 수도 있겠지만 정부나 군부 쪽에서 요즘 보물선 이야기로 시끄럽거든. 이어도 기지와도 그다지 멀지 않은 곳에서 침몰선까지 발견되었지. 혹시 알고 있었나?

권산의 뇌리에 불현듯 영감이 번뜩였다.

본래 오오카제 스토리는 접근 금지 구역 내의 A급 괴수를 멸살하기 위해 다른 헌터들의 손을 빌리는 차도살인의 계책이었다. 진성그룹의 요청인 A급 괴수 사체를 시장에 푸는 것이 주목적이었다.

'의도한 건 아니었지만 박돈학이 오오카제를 물었으니 잘만 하면……'

권산은 무심한 어투로 입을 열었다.

"본토에 나간 지 오래되어 금시초문이오."

—요점은 간단하네. 침몰선에 막대한 양의 금괴와 보물들이 있다고 하네. 그것을 노리고 동북아 삼국의 헌터들이 천 명도 넘게 몰려가 있는 상황이지. 그놈들보다 먼저 침몰선의 보물을 확보해 주게.

권신이 냉기가 풀풀 풍기는 목소리로 말했다.

"이미 늦은 상황도 상황이거니와 내가 왜 그래야 하지? 또 설령 확보한다 해도 박 중장과 내가 몫을 나눠야 하는 이유는?"

―아아, 진정하게. 침몰선 주변에 무찰린다라는 어마어마한 괴수가 있는 모양이야. 덕분에 견제만 하고 있는 상황이지. 하지만 우리는 쿼드 캐리어가 있으니 공중으로 접근할 수 있어. 이게 다 내가 병력과 장비를 제공한 덕분이 아닌가. 또 금괴와 보물을 확보한다 해도 타국 암시장 판로를 쥐고 있는 나를 통하지 않고는 처분이 어렵지. 어떤가, 5 대 5로 나누는 것이?

권산은 실소를 머금었다. 박돈학의 속이 뻔히 보이는 것이다. 천문학적인 가치로 소문난 보물선이다. 아마도 소문의 가치대로 금괴가 있고 이를 권산이 확보한다면 박돈학은 자신의 병력을 보내 이어도기지를 포위하고 모든 보물을 강탈할 것이 뻔했다. A급 괴수 사냥 수백 번보다 더한 가치를 가지고 있으니 그의 선택은 정해져 있다고 봐야 했다.

'역시 이번에 그를 국가 반역죄로 엮어야겠군.'

생각을 정리한 권산이 말했다.

"비율은 6 대 4로 합시다. 아, 물론 내가 6이오. 또 그 악명 높은 무찰린다를 지금의 우리 화력으로는 상대하기 불가능하오. 아무래도 전략무기를 제공해 주셔야 하겠소."

―전략무기라… 비율은 그걸로 만족하지. 하지만 전략무기는 나로서도 쉽지가 않은데… 대체 어떤 무기가 필요하단

거지?

“공중에서 투하 가능한 헬파이어 활공 기뢰를 줬으면 좋겠소. 육군 중앙사령부 지하 탄약고에 수십 발 보유한 것으로 아는데… 상당히 개량되어서 소형 핵폭탄급의 위력이 있다고 들었소. 그 정도면 무찰린다를 적어도 빈사 상태로 만들 수는 있을 테고, 그래야만 침몰선에 침투해서 보물을 빼내올 수 있을 것 같소.”

박돈학은 잠시 뜸을 들였다. 고심을 거듭하는 것이 낮은 수화음 너머로 느껴졌다.

—헬파이어가 있다면 확실히 보물선을 확보할 수 있는 거지?

“그 정도 전력이면 확실하오. 거대한 폭발운을 본 헌터들은 접근을 못할 테고, 우리 대원들이 그사이에 침몰선에 들어가 몽땅 끌어내면 상황 종료지.”

—권 소령, 자네도 알다시피 전략무기는 모두 일련번호가 새겨져 정기적으로 관리받고 있다. 얼마 전에야 실전 배치에 들어간 헬파이어를 빼내면 조만간 수량이 달라서 발각되고 말아. 제아무리 나라도 이미 운용 중인 무기를 빼기는 어렵지. 한데 말이야, 마침 내 사령부 예하 국방연구소에서 활공 기뢰 개발 초기에 만든 프로토타입 한 발을 폐기 처리할 예정이었는데 내가 시간이 없어서 결재를 못 하고 보관 중인 게 있지.

그걸 보내주지. 이미 폐기된 것으로 꾸며서 말이야. 하지만 개발 초기작이라 신관이 제대로 작동할지는 나도 확신하지 못해.

권산은 빙긋 미소를 지었다.

"물론 좋소. 조만간 좋은 소식을 전하겠소. 최대한 빨리 보내주시오."

―크크, 유익한 통화였군.

박돈학과의 통화가 종료되었다.

권산은 새삼스럽게 박돈학이 가치가 높은 전략무기를 야금야금 빼돌려 왔다는 것을 깨달았다.

결재가 늦어서 보관 중이라는 말은 전혀 신뢰성 있게 들리지 않았다.

그는 활공 기뢰 외에도 많은 전략무기를 빼돌려서 사적으로 보관 중인 것이 틀림없었다.

그 날 밤 권산의 방에 김요한이 찾아왔다.

"여기 앉으시죠."

"고맙네."

권산은 물을 한 잔 내밀었다. 김요한은 물을 한 잔 들이켜고 양자 터널을 찍은 사진 여러 장을 테이블에 깔았다.

"자네 덕에 화성 신호의 발원지까지 찾을 수 있었네. 그래서 우리가 발견한 양자 터널을 어떻게 할 것인지 이야기할까 해서 왔네."

권산은 김요한의 눈에서 기이하게 일렁이는 열망을 보았다. 바로 학자의 욕구에 찬 눈이었다.

"박사님은 학계에 발표하고 싶으시군요?"

"그래. 이건 인류 역사에 획을 긋는 발견이야. 우주여행을 가능하게 해주는 미지의 통로를 우리가 발견한 것이니까. 천문학자로서 몹시 욕심나네."

권산은 이 일에 대해 생각해 놓은 바가 있었다.

"물론입니다. 하지만 양자 터널의 존재에 대해 각국 정부가 알게 되면 어떤 일이 벌어질지 간단히 예상됩니다. 우선 이 초광속 터널을 확보하기 위해 전쟁도 불사하게 될 것이며, 또한 기득권층은 자국민에게 양자 터널의 존재를 기밀로 할 가능성이 높습니다. 따라서 방사능과 괴수에 오염된 지구를 떠나 화성으로의 이주는 기득권층에 한정해서 일어날 테고요. 그건 전혀 제가 원하는 방향이 아닙니다."

김요한은 눈을 감고 묵묵히 생각하더니 천천히 고개를 끄덕였다.

"인류사를 보건대 필시 일이 그렇게 흘러가겠지."

"그래서 저는 세 가지 점을 먼저 해결했으면 합니다."

김요한은 목이 타는지 물을 마셔 입을 축였다. 지켜보던 권산이 다시 입을 열었다.

“첫째, 양자 터널 인근을 중립 지역으로 만들고 그 어떤 국가의 간섭도 받지 않도록 해야 합니다. 둘째, 양자 터널에 대한 연구입니다. 양자의 불꽃에 몸이라도 닿았다가는 완전히 분해되어 버릴 것 같더군요. 불꽃을 지나야만 양자 터널에 진입할 수 있고, 또 사람이 통과할 수 있는지 연구가 필요합니다. 셋째, 화성에는 이주한 미국인이든 오크족이든 이미 여러 세력이 있는 것으로 보입니다. 지구인들이 이주할 경우에 대비해 탐사가 선행되어야 합니다.”

말을 마친 권산은 한 가지를 더 되뇌었다. 아직 이 부분을 김요한에게 말을 해야 하는지 갈피를 잡지 못했기 때문에 차마 말하지 못한 것이다.

‘넷째, 암천마제가 죽어야만 지구인들이 화성 이주를 할 수 있다. 그가 지구─화성 간 통로가 있다는 사실을 알아서는 안 돼. 최악의 경우 그가 다시 지구로 돌아올 수도 있어.’

권산은 최초의 탐사대에 포함되어 가장 먼저 화성으로 떠날 작정이다.

화성의 세력에 대해 정찰하고 암천마제의 거취를 파악해 그를 죽일 방안을 찾으려는 목적 때문이다.

“자네의 말이 맞네. 학계에 발표하는 것은 너무 성급한 것 같아. 세 가지 조건은 하나같이 쉬운 일이 아니네만 내가 할 일이라면 역시 양자 터널의 연구겠지."

"그렇습니다, 박사님. 혼자서는 어려우실 테니 진성그룹의 도움을 받겠습니다. 이어도기지를 중간 기착지로 해서 무찰린다의 동굴로 기자재를 옮기시고 진성그룹의 연구원들과 함께 양자연구소를 열어주십시오. 또 예상치 못한 비상 상황 시에는 가까운 곳에 지원을 받을 만한 곳이 있습니다."

권산은 무찰린다의 동굴과 황해 해적의 본거지가 있는 호리곡이 서로 연결되어 있다는 점을 설명했고, 황해 해적은 자신의 사문인 용살문에서 이미 장악했다는 점을 설명했다.

"맙소사, 일전에 나를 납치한 그 작자들이 아닌가? 그들의 본거지가 코앞이라고?"

"그때와는 다릅니다, 박사님. 해적 집단의 수장은 이미 제 사형들로 바뀐 지 오래입니다. 그러니 연구 중에 무슨 일이 생기시면 제 사형들에게 연락하십시오."

권산은 김요한을 돌려보내고 미나에게 영상통화를 걸었다. 과로하는지 피곤한 안색의 미나가 영상에 떠올랐다.

"많이 피곤해 보이네?"

—아, 진짜… 정말… 무척 피곤하네요. 어쩜 이리 일이 많은지.

권산이 미소를 지으며 물었다.

"사업은 잘 굴러가고 있어?"

—되는 건 잘되는데 안 되는 건 또 안 되네요. 이것 보세요.

미나는 지리산 지구기지의 공중 촬영 화면을 권산에게 전송했다.

지리산 전체에 거대한 콘크리트 구조물이 세워져 멀리서 보면 거대한 피라미드 형상으로 완성되고 있었다. 핵전쟁 이후로 민둥산이 되어 망정이지 무지막지한 삼림 파괴가 자행될 뻔한 광경이었다.

"거의 완성된 것 같은데?"

—맞아요. 지구기지 쪽 토목은 거의 끝났죠. 문제는 이거예요.

미나는 지구의 표면부터 우주도시까지 이어지는 단면도를 권산에게 보냈다.

권산은 우주도시까지 연결된 수직으로 된 선이 우주 엘리베이터임을 짐작했고, 그 중간에 성층권에서 점멸하는 시설물이 바로 미나가 말한 문제인 듯했다.

—성층권 기지인데, 이 프로젝트의 두 번째 단계라고 할 수 있어요. 지상 50㎞의 성층권대에 부유형 기지를 올리고 지상과 궤도 와이어를 연결하는 작업이죠. 그런데 기지에 부력을 주는 기구에 수소를 주입했는데 자꾸 사고가 터져서 문제예요. 안전한 헬륨을 쓰면 좋겠지만 지금 지구에서는 극히 구하

기 어려운 원소거든요.

본래 헬륨은 땅속에 갇혀 있다가 대기에 유출되면 바로 우주로 빠져나가는 성질이 있는데 지난 핵전쟁 후 지각변동 시 대부분이 유실된 모양이다. 권산은 헬륨을 되뇌다가 과거 나눈 대화의 한 장면이 생각났다. Y130 구역 정찰 중에 만난 미즈하라 자매와의 대화였다.

'분명 동생인 미즈하라 유키의 이능력이 헬륨 생성이었지, 아마?'

권산은 자매와 헤어지며 연락처를 나누었는데 당연히 유키의 연락처도 WC에 기록되어 있었다.

"미즈하라 유키라는 일본 헌터야. 헬륨 생성이라는 이능력이 있다고 하더군. 이 연락처로 연락하고 사업에 도움을 받는 게 어때?"

미나는 권산이 보낸 연락처를 골똘히 보더니 되물었다.

―고맙긴 한데요, 다른 여자들 연락처 이렇게 막 저장하고 그래요?

"조카 같은 애야."

―조카는 아니잖아요?

권산은 말문이 막혔다. 굳이 해명하고 싶지도 않았다.

"좋을 대로 생각해. 하여튼 내 이름 대고 연락해 봐. 헬륨만 있으면 해결되는 거면 도움이 될 거야. 그건 그렇고, 부탁이 있어."

미나는 팔짱을 끼며 아름다운 얼굴을 획 돌렸다.

—흥! 빨리 그 오지에서 빠져나와요. 나도 엄청 바쁜 사람인데 무조건 데이트할 거니까.

"하하, 그럴게."

권산은 미나에게 양자 터널의 존재와 화성으로 통하는 통로라는 점, 연구가 필요하니 진성그룹의 연구진을 지원받고 싶다는 점을 밝혔다.

미나는 처음엔 농담인 줄 알았다가 권산이 사진 자료까지 보내자 믿을 수밖에 없었다.

—오빠 말대로 그게 화성으로 통하는 통로라면 정말 대단한 발견이네요. 연구진 지원뿐 아니라 진성그룹 차원의 지원도 가능할 거 같은데요. 아버지도 무조건 찬성하실 거예요.

"미나가 총수님께 설명드리고 연락 줘. 연구진이 준비되면 목포로 보내주고. 특히나 보안이 생명이니 믿을 수 있는 사람만 추려야 하고 일단 몇 년간은 집에 못 갈 수 있으니 꼭 그 점은 알려주도록 해."

—걱정 말아요. 얼마 전 방사능 해독제도 대단했는데 이번에는 얼마나 더 놀라실지 기대되네요.

미나는 권산이 능력을 보일수록 마치 자신이 칭찬을 받는 것처럼 기뻐했다. 이재룡 총수에게 이번 일로 얼마나 큰 점수를 얻을지 상상도 되지 않았다.

"그래. 또 연락할게."

미나와 영상통화를 끊고 이메일을 보니 지명훈이 보낸 사업 경과 보고서가 주마다 와 있었다.

제약 회사 인수는 순조로웠고, 양산은 당장 지금부터도 가능한 상황이라고 했다.

다만 진성그룹이 맡은 정부 로비와 법령 정비 쪽이 난항을 겪고 있어서 양산은 대기 중이라는 내용이 적혀 있었다.

'그래, 쉬운 일은 아니지. 헌터 업계와 괴수 산업의 전반을 무너뜨릴 수도 있는 일이니까. 라독을 독점하면서 얻는 기존의 막대한 세금도 무시 못 할 테고.'

"이데아, 생각이 복잡한데 정리 좀 해보자."

뾰로롱 하는 소리와 함께 렌즈 화면에 민지혜의 모습을 한 작은 요정이 떠올랐다.

—짜잔, 이데아 왔어요~ 주인은 너무 골치 아픈 생각만 한다니까. 쉽게, 쉽게 가자고요.

"잔말 말고 내가 말하는 거나 잘 정리해 줘."

—힝, 오랜만에 불러서 핀잔만 주고. 주인 미워.

권산은 이데아의 말을 무시하고 동북아 삼국에서 몰려든 연합 레이드의 정보, 침몰선과 무찰린다의 위치, 활공 기뢰 활용법, 박돈학의 국가 반역죄, 양자 터널, 호리곡, 인공 해독제

등 떠오르는 것을 이데아가 렌즈에 마련한 가상공간에 차곡차곡 정리했다. 그러다 몇 가지 생각이 보충되며 그럴싸한 전략이 생각났다.

'그래, 이런 방법이라면.'

4장
보물선 I

"은영아, 확실히 전부 본 거지?"

"네, 확실해요. 아무것도 없어요. 그냥 침몰한 폐선이에요."

정찰을 마친 오은영의 주위로 이지스 길드원들이 모여들었다. 그녀는 이능력인 은신을 이용해 무찰린다의 감시를 피해 침몰선 정찰을 끝낸 상황이었다. 무찰린다를 의식했기 때문에 벌쳐를 이용할 수 없어 30㎞ 밖에 캠프부터 침몰선까지 꼬박 도보로 왕복해서 피곤한 기색이 역력했다. 이동도 이동이지만 혹시나 하는 마음에 폐선 내부를 샅샅이 뒤지느라 체력도 말이 아니었다. 3일간 제대로 잠도 자지 못했다.

이지스 길드의 마스터인 이승철이 개마 길드장 권용식과 불사조 길드장 김대호를 불러서 앞으로의 계획을 협의했다. 오오카제를 얻기 위해 불법과 모험을 감행한 연합 레이드였는데 이렇게 와해될 위기에 처한 것이다.

"이대로 철수할 수는 없음메. 이만한 전력을 데려와서 A급 괴수 한 마리 잡아서는 우리 식구들 다 굶어 죽는다."

권용식이 죽는 소리를 했다. 연합 길드가 현재까지 사냥한 A급 괴수는 총 세 마리였는데 각 한 마리씩 사체를 나누기로 한 상황이다. 한 마리도 적지 않은 가치였으나 이번 레이드에 들인 자금과 인력이라면 확실히 수지가 맞는 장사는 아니었다.

"김대호 길드장 생각은 어떠시오?"

"이것 참, 저도 마찬가지 생각입니다. 저 침몰선이 꼭 오오카제라는 보장도 없고요, 저 배가 소문대로 오오카제가 맞는다면 골드웜이 근처에 서식할 터인데 엉뚱하게 무찰린다가 살고 있다니 참 내막을 알 수가 없군요. 진짜 오오카제의 위치를 모르는 건 중국과 일본의 헌터 놈들도 마찬가지 같으니 우리에게 꼭 불리한 건 아닙니다."

이승철이 오랜 레이드로 인해 자라난 턱수염을 매만졌다. 연합 레이드이긴 했으나 가장 세력이 강하고 연장자인 자신이 은연중에 레이드를 이끌고 있는 상황이었다. 자신의 결정이 특히 중요했다.

“조금 더 정보를 모아봅시다.”

그렇게 얼마간의 시간이 흘렀을 때 외곽에서 경계하던 헌터가 헐레벌떡 뛰어왔다.

“마스터, 나와 보셔야 할 것 같습니다.”

“무슨 일인데 호들갑이냐?”

이승철이 막사에서 나오자 이지스 길드원들이 일단의 무리를 둘러싸고 다가오는 게 보였다. 자세히 들여다보자 선두의 키가 큰 남자가 눈에 익었다.

‘저자는 현무 길드의 권산이 아닌가?’

이지스 길드 최고의 스트라이커이던 사준혁을 쓰러뜨려 길드 명성에 먹칠을 시킨 장본인이다. 그런 놈이 무슨 로봇과의 결투로 유명세를 타서 이 업계에서 모르는 이가 없는 저명인사까지 되어 있었다. 절로 배알이 뒤틀렸다.

“무슨 일입니까?”

막사를 지치며 권용식과 김대호가 나왔다. 김대호는 다가오는 권산을 보고는 얼굴을 팍 일그러뜨렸다. 오오카제 소문을 퍼뜨린 것도 자신의 길드인데 그 정보를 이용하여 연합 레이드에 참여해 이 사냥을 왔으니 필시 권산이 이를 항의할 것이라 짐작한 것이다.

‘외나무다리에서 만났구나.’

김대호가 막 권산에게 말을 걸려는데 권산이 먼저 이승철을 보며 입을 열었다.

"우리 현무 길드도 연합 레이드에 참여하고 싶소. 여기 내 파티원들과 왔소만."

이승철이 피식거리며 웃었다.

"내가 받아줄 거라 생각했나? 이지스와 현무의 사이가 그리 돈독한 걸로 기억하진 않는데?"

권산이 가볍게 미소를 지으며 말했다.

"생각보다 속이 좁으시구려. 무찰린다를 사냥할 방법이 있는 데도 우릴 참여시키지 않으시겠소?"

"거짓말이 서툴군, 권산. 무찰린다는 사냥당한 역사가 없어서 약점도 공개돼 있지 않아. 구라는 상대를 봐가면서 치는 게 어때?"

권산은 말없이 렌즈 화면을 조작해 화면에 뜬 사진 몇 장을 이승철에게 밀었다. 이승철의 눈앞에 승인 버튼이 떴고, 그가 버튼을 누르자 화상이 전송되어 왔다.

"이, 이건……!"

무찰린다의 잘린 머리통과 분해된 사체 조각이 이승철의 시야를 가득 채웠다. 조작이라고 하기엔 해상도가 너무 높았다.

"누, 누가 사냥한 거지? 설마 현무 길드가?"

권산이 어깨를 으쓱했다. 긍정의 표현이다. 이승철의 두뇌가 팽이처럼 회전했다. 침몰선이 오오카제가 아니라는 걸 알고도 이곳에서 죽치고 있는 이유는 바로 무찰린다 때문이었다. 중국과 일본이 무찰린다를 치면 뒤에서 급습해 어부지리를 노릴 생각이기 때문이다.

'인정하긴 싫어도 권산은 최상급 헌터이다. 그의 파티라면 전력에 도움이 되겠지.'

이승철이 낮게 깔리는 목소리로 말했다.

"좋아. 참여해도 좋아. 하지만 무찰린다 사냥법에 대해선 지금 즉시 공유해 주게."

권산은 주위를 둘러보며 말했다.

"막사 안에서 이야기했으면 좋겠군요."

"그러지. 은영아, 현무 길드도 막사 하나 배정해 드려라."

오은영이 다가와 현무 알파를 한쪽으로 안내했다. 그러다 권산과 슬쩍 눈이 마주치자 무의식적으로 고개를 숙여 인사했다.

'칫, 나도 모르게.'

설악산 정부 미션 후 사준혁의 사라진 것에 권산이 지대한 영향을 끼쳤다고 믿는 오은영이다. 더구나 그 과정에서 자신은 권산에게 붙잡혀 이용까지 당했다. 감정이 좋을 수가 없었다.

권산은 막사에 들어가 길드장들과 둘러앉았다. 슬쩍 눈치를 보니 김대호의 안색이 좋지 않았다. 권산은 김대호가 왜 저러는지 짐작이 갔으나 신경을 쓰진 않았다.

"먼저 현무 길드가 사냥한 무찰린다는 전장 40m로 성체는 아니오. 지금 침몰선 옆에 서식하는 놈은 전장 60m로 이미 성체를 완성한 지 한참 된 개체로 보이오. 따라서 지금의 연합 레이드 전력으로는 10년 전 악몽을 재현하게 될 테지."

이승철이 테이블을 쾅 하고 내려쳤다.

"그걸 누가 모르는 사람이 있나? 그래서 사냥법이 필요한 것이 아닌가?"

권산은 증강 현실 렌즈의 화면을 조작해 화면 공유를 신청했다.

"현무 길드가 어떻게 무찰린다를 사냥했는지 보여 드리지."

권산이 가장 좋은 각도로 촬영한 서의지의 렌즈 화면을 재생했다.

재생 장소를 막사에 설치된 화이트 스크린으로 지정하자 그곳에 영상이 올라왔다. 모두의 눈이 스크린 쪽으로 모였다.

화면 속의 홍련이 무찰린다의 턱을 승룡참의 수법으로 올려 벤 뒤 권산이 목덜미에 파산경을 시전하는 장면이 차례로 흘러나왔다. 충격파는 무찰린다의 꼬리까지 파도를 치듯 번졌고, 치명적인 그 일격에 사냥이 종료되었다.

'이럴 수가! 저게 인간이 가질 수 있는 이능력이란 말인가?'

영상을 본 길드장들은 하나같이 경악을 금치 못했다. 저런 강함이라면 최상급 헌터라는 말로도 모자란다. 그 위 단계의 위 단계를 만들어야 가능할까.

'하지만 40m급에도 통한 기술이니 60m급에도 통할 것이다. 최소한 치명상을 줄 수는 있겠지. 무찰린다를 잡을 수 있겠다.'

이승철은 희색이 만면하여 은근한 어조로 말했다.

"권산 헌터의 능력이 이 정도일 줄은 몰랐군. 그래, 이거면 충분하겠어."

"하지만 내가 말하려는 사냥법은 내 개인기가 아니오. 저 기술은 목숨을 걸고 시전했고, 또 한 가지 아이템이 필요한데 저 영상이 찍힌 때에 모두 소진했기 때문에 재시전은 불가능하기 때문이오."

이는 거짓이 아니었다. 일전의 내공 증폭 시에 가지고 있는 내단석이 모두 소진된 것은 사실이기 때문이다. 더불어 설사 내단석이 있다 해도 주화입마에 빠져들 만큼 더 이상은 내공 증폭을 할 수도 없었다. 사형제들의 희생 덕에 살아났는데 다시 그길로 빠져들 수는 없었다.

이승철의 안면이 일그러졌다. 권산은 계속해서 말을 이었다.

“저 기술이 없어도 동북아 삼국의 연합 길드를 총집결시키면 최강의 괴수인 무찰린다를 잡을 수 있소. 천 명이 넘는 헌터가 고작 무찰린다 한 마리를 잡지 못한 데서야 말이 안 되겠지. 더구나 이미 무찰린다의 사체에 진성그룹이 어마어마한 보상액을 걸었으니 동기도 충분하고 말이오. 현무 길드가 연합 레이드에 참여하게 되었으니 우리 쪽에서 단독으로 사냥한 어린 무찰린다는 매각하지 않고 저 성체 무찰린다를 사냥할 때까지 보류하겠소.”

권산은 스크린에 진성그룹이 의뢰한 괴수 사냥 의뢰를 띄웠다.

[미완료 의뢰 1건]

의뢰자: 진성그룹

의뢰 내용: A급 무찰린다의 사체 수집, 특히 척추 뼈를 고가에 매입

보상액: 3,000억 원, 척추 뼈(500억 원 별도)

일반적으로 A급 괴수의 사체 가치가 600억 원 정도 하는 것에 비하면 무찰린다는 A급 괴수 5마리와 같은 가치가 있었다. 더구나 척추 뼈까지 합치면 6마리의 가치라고 할 수 있었다. 진성그룹은 무찰린다 외에도 여러 A급 괴수의 사체에 이

처럼 시세의 배가 넘는 보상금을 걸었는데 200명이 넘는 한국의 고등급 헌터들이 이곳에 몰려든 것을 보면 유인 효과가 대단했다.

권산은 이번에는 가장 최신으로 업데이트된 무찰린다의 정보 창을 띄웠다.

[무찰린다]
등급: A
특수 능력: 절대 공포
생태: 단독
약점: 미상
가치: 1,000억 원

개마 길드장인 권용식이 조심스레 입을 열었다.

"무찰린다 그 간나 새끼랑 맞닥뜨리믄 무지막지한 울음에 돌덩이처럼 굳어버린다는데 우리가 그 희생을 치를 수는 없음메. 무조건 중국이니 일본이니 누가 나서면 그때 놈의 뒤를 쳐야만 하지 않갔어?"

무찰린다의 울음은 근접한 생명체의 모든 신체 활동에 제약을 가한다. 10년 전 생존한 헌터들의 증언을 통해 무찰린다의 음파 공격은 엄청난 공포심을 자극하며 전투력을 떨어뜨리고 움직임을 굼뜨게 한다는 것이 밝혀졌다. 그 특수 능력만 아니었더라도 10년 전 그 참사는 일어나지 않았을 터이다.

권산이 사냥한 무찰린다는 성체급이 아니라서 능력 발현이 안 되었든지 아니면 워낙에 빨리 사냥이 끝나서 특수 능력을 사용하지 못했든지 둘 중에 하나라 생각되었다.

"내가 말하는 사냥법도 바로 그 부분이오."

권산은 다시 화면을 작전지도로 바꾸었다. 위성 지도에 각국의 캠프와 침몰선, 무찰린다의 위치를 표기한 지도였다.

"현재 각국의 캠프는 침몰선의 주변을 포위하듯 30㎞씩 이격을 둔 상황이오. 북쪽은 우리가, 남서쪽은 중국이, 동쪽은 일본이 포진해 있지. 먼저 우리와 침몰선 사이 중간 지점에 내가 사냥한 무찰린다의 사체를 일부 옮겨놓고 각종 화기와 이능력을 동원해 맹공격을 가하는 거요. 일종의 연막을 치는 거지. 그럼 중국과 일본에서는 그 소음을 듣고 우리와 무찰린다의 전투가 벌어진 것으로 착각하겠지. 나름대로 조심을 기한다고 정찰대를 보내도 무찰린다의 사체를 보게 될 테니 속을 수밖에 없을 거요. 그럼 가장 먼저 그들이 할 행동은 침몰선을 확보하는 것일 테고, 그렇다면 침몰선 옆에 똬리를 틀고 있는 진짜 무찰린다와 조우할 수밖에 없을 거요."

이승철은 내심 탄복하는 마음을 금할 수 없었다. 무력만 무지막지한 게 아니라 계책을 짜내는 게 여우같았다. B급 괴수

정도라면 헌터의 이능력이 월등하기만 하면 전술이 크게 중요하지 않았으나 A급 괴수는 그것만으로는 부족했다 영리한 사냥 전술 없이는 막대한 희생만 부를 뿐이었다.

"좋은 전술이다. 때는 언제가 좋겠는가?"

이승철의 목소리가 부드러워졌다. 권산이 답했다.

"내일 자정에 개시합시다. 하루면 내가 사냥한 무찰린다의 사체를 가져올 수 있소. 또 가짜 사냥으로 남들을 속이려면 그믐밤이 낫겠지. 저는 이만 일어나겠소."

권산은 지휘 막사를 나서서 현무 알파의 막사로 걸어갔다. 그의 옆을 김대호가 따라붙었다.

"속셈이 뭐요?"

권산이 걸음을 멈추고 주위를 둘러보았다. 가까운 곳에는 헌터들이 없었다. 권산은 씹어 먹을 듯 거친 어조로 김대호를 향해 으르렁대었다.

"당신이 나한테 속셈 타령 하는 게 부끄럽지도 않소? 비공개 정부 미션 내용을 퍼뜨린 것도 모자라 아예 연합 레이드에 합류해서 오오카제를 노리다니! 내가 불사조 길드를 믿고 부대의 지휘관을 설득해서 정부 미션 내용을 공개했건만 이리 뒤통수를 때릴 수 있소?"

김대호의 얼굴이 붉게 달아올랐다. 그도 염치라는 게 있는 사람이었다. 그러나 그 자신의 염치보다 불사조 길드원들의 목숨이 더 중요했다. 왜 이 시점에 뜬금없이 정부 미션을 수행 중인 현무 길드가 나타났는지 꼭 확인해 봐야 했다.

"내 잘못이야 백번 사죄해도 부족하지만, 그래도 난 길드장으로서 꼭 현무 길드의 속셈을 알아야겠소. 알려주지 않는다면 다른 길드장에게도 현무 길드가 비공개 정부 미션을 수행 중이라는 걸 밝힐 수밖에 없소."

김대호는 결심한 듯 주먹을 꾹 쥐었다. 권산은 이판사판으로 따지는 김대호를 묵묵히 바라보다가 천천히 입을 열었다.

"더 조용한 데로 갑시다."

권산은 캠프 외곽에 은밀한 장소로 이동한 뒤에야 낮은 목소리로 말했다.

"사실 이미 현무 길드와 이어도부대는 정부 미션을 완료했소."

"그, 그렇다면 진짜 오오카제를?"

"쉿!"

권산은 검지를 입술에 가져다 대고 고개를 슬며시 좌우로 저었다. 이것 역시 비밀이라는 뜻이다.

"그곳엔 통일한국 정부가 원하는 것 이상의 금괴와 보물이 있었소. 그야말로 노다지가 터진 거지. 그 가치는 천문학적이라 감히 가치를 따질 수도 없을 지경이오. 우리 현무 길드는 그 과정에서 골드웜을 처치하며 많은 희생을 치렀소. 골드웜

특유의 사체 폭발 탓에 온전히 사체도 건지지 못했지. 뼈아픈 일이 아닐 수 없소."

김대호는 권산이 풀어놓은 이야기보따리에 정신없이 빠져들었다.

"그래서… 그래서 그다음은 어떻게 되었소? 이미 미션이 끝났다면 현무 길드는 이곳에 왜?"

"바로 당신 때문이지."

김대호가 궁금증이 가득한 시선으로 권산을 바라보았다. 권산이 재차 입을 열었다.

"본래 정부는 비밀리에 오오카제의 금괴를 확보한 뒤 동북아 국가뿐 아니라 유럽 시장에서 천천히 매각할 생각이었소. 티 안 나게 천천히 말이오. 그런데 불사조 길드 탓에 오오카제의 비밀이 온 천지로 퍼져 나갔고, 그러한 시점에 정부가 출처 불명의 금괴를 함부로 매각하다가는 대번에 오오카제를 턴 것이 우리 정부라는 게 밝혀지겠지. 오오카제는 본래 일본배인 데다 중국에서 약탈한 보물이 가득 실려 있기 때문에 일본과 중국에서 모두 소유권을 주장할 것이 뻔하지 않소. 그러한 국제적 갈등을 불러일으키길 내 의뢰처는 원하지 않으니 별수 없이 연극을 한바탕하게 된 거지."

김대호는 고개를 끄덕였다. 너무나도 당연하게 중국과 일본은 오오카제의 소유권을 주장할 것이다. 이는 삼척동자도 짐작할 만한 뻔한 상황이다.

"연극이라면?"

"괴수사체관리 법을 이용하는 것이오. 이건 국제 협약으로도 되어 있으니까."

김대호도 바보는 아니었다. 이 정도 설명을 들으니 정부가 현무 길드를 보내 어떤 그림을 그리고 싶어 하는지 분명하게 보였다.

내일 밤이 지나면 중국과 일본의 연합 길드들은 무찰린다에 의해 치명적인 피해를 입게 될 것이고, 한국의 연합 길드가 무찰린다의 뒤를 쳐서 결국 사냥에 성공할 것이다. 국제 협약으로도 규약되어 있는 괴수사체관리 법에 따르면 괴수의 숨통을 끊은 가장 마지막 헌터가 모든 사체에 관한 권리를 가진다고 되어 있다. 무찰린다의 사체는 고스란히 한국의 차지가 될 것이다.

이후 침몰선은 통일한국 정부에 의해 오오카제로 불릴 것이고, 이 거대 무찰린다는 괴수 특유의 광물 섭취 습성 때문에 오오카제에 실린 금괴와 보물을 몸속에 집어삼킨 것으로 둔갑될 것이다. 김대호는 심중의 말을 자신도 모르게 내뱉었다.

"괴수의 사체와 몸 안의 모든 광물은 사체 관리법에 의해 사냥한 헌터에게 돌아간다."

"맞소. 정부는 중국과 일본에게 그 논리를 근거로 소유권을 주장할 계획이오. 오오카제를 온전히 꿀꺽하게 되는 것이지. 우리 현무 길드는 중국과 일본의 길드에는 치명타를 가하고 한국의 길드가 무찰린다를 사냥할 수 있게끔 유도해 달라는 미션을 추가 의뢰로 받은 상태요. 물론 보상도 어마어마합니다."

김대호는 앞뒤가 딱딱 들어맞는 권산의 말에 더 이상 의심을 품지 않았다. 어차피 정부가 어떻게 자신들을 이용하든 그건 알 바가 아니었다. 내일 밤에 무찰린다는 100% 사냥당할 것이고, 그 사체는 연합 길드의 손에 떨어진다. 바로 돈뭉치가 떨어지는 것이다. 오오카제의 금괴는 아쉽지만 이미 손을 떠난 일이었다.

5장
보물선II

칠흑 같은 그믐밤.

침몰선의 북쪽 어딘가에서 고함과 호버크래프트의 거친 엔진 음, 화력이 뿜어내는 소음과 화약 냄새가 평원을 가득 채웠다. 쉴 새 없이 원거리 이능력과 화기가 집중되고 연막탄이 터지며 사위를 안개로 덮었다.

중국과 일본의 캠프에서는 재빠르게 정찰대를 보냈고, 그들은 적외선 망원경으로 연막 속에서 희미하게 드러나는 무찰린다의 사체와 잘린 머리통을 발견했다.

"무찰린다는 죽었다. 한국 놈들이 잡았어."

"전 본대 오오카제 방향으로 전속 전진. 중국 놈들보다 먼저 오오카제를 확보해야 한다. 전력은 우리가 위야."

정찰대에게 연락을 받은 일본이 출발하자마자 중국 역시 정찰대의 연락을 받고 오오카제를 향해 전 연합 헌터를 출발시켰다. 1천 명에 가까운 헌터들이 호버크래프트와 벌쳐를 몰고 평원의 한 점으로 모여드는 장면은 장관이었다.

일본 연합 길드의 선두에서 벌쳐로 달리던 헌터는 두 개의 붉은 광원이 어마어마한 높이로 급격히 높아지는 것을 보며 두 눈을 홉떴다. 광원이 엄청난 속도로 그에게 달려든 것이다.

"크아아악!!"

콰롸롸롸!

비명과 아우성이 퍼지며 공기를 찢는 무찰린다의 포효성이 터졌다. 둥지에 납작 엎드려 있던 무찰린다는 근방으로 갑자기 많은 인간이 집중적으로 달려들자 사냥감에 대한 본능적인 적개심이 치솟은 것이다. 전장 60미터의 초거대 사이즈의 괴수는 침몰선 주변으로 마구 울음을 터뜨렸다. 특유의 절대 공포 능력을 발휘한 것이다.

"으아악!"

"내 귀!"

"컥! 다리가 안 움직여!"

음파의 파장은 선발대를 넘어 본대를 휩쓸었다. 호버크래프트 안에 타고 있지 않은 반수가량의 일본 헌터들은 온몸이 경직되며 패닉에 빠졌다.

태초에 인간에게 잠재된 원초적인 뭔가가 거칠게 끌려 나온 것이다. 온몸이 덜덜 떨리고 자신도 모르는 사이 바지에 소변을 지리는 이가 태반이었다.

그나마 최상급 헌터들이 가장 먼저 정신을 차리고 진형을 회복하려 했으나 이미 무찰린다는 엄청난 속도로 진형을 파고들고 있었다. 무찰린다의 거대한 육체가 휩쓸고 지나가는 것만으로도 헌터들은 벌쳐와 통째로 으깨지고 있었다.

"크아악!"

으드득!

헌터들은 개별적으로 반격을 가하고 호버크래프트에서 화력 전개가 시작되었으나 이미 무찰린다는 일본 진형을 완전히 헤집고 있었다.

무찰린다는 몸을 좌우로 뒤틀며 진형을 관통했고, 그때 접근 중인 또 다른 인간 무리를 발견했다.

크롸롸롸!

무찰린다는 예의 공포의 울음을 터뜨리며 그 무리로 짓쳐들었다. 바로 중국 길드 연합 쪽이었다.

권산은 전장이 내려다보이는 언덕에서 5㎞의 거리를 둔 채

적외선 망원경을 들여다보고 있었다. 미약한 달빛으로도 사물을 식별할 수 있는 서의지를 제외하고는 모두가 망원경을 들여다보고 있었다. 서의지가 휘파람을 불며 몸을 감싸 안았다.

"대장 형님, 우리가 진짜 저 무찰린다를 잡은 게 맞아요? 세상에 저 정도면 A급이 아니라 S급으로 분류해야 할 거 같은데요? 진짜 싸우고 싶지 않네요. 중국과 일본이 아주 곤죽이 나고 있어요."

장규철이 말을 받았다.

"아무리 청동으로 몸을 강화해도 한입에 삼켜지면 도리가 없겠어."

"그땐 내가 뱃가죽을 전기로 지져서 빼주면 되지. 안 토하고 배기겠어?"

전명희가 망원경에 눈을 댄 채로 자연스럽게 중얼거렸다. 권산은 무찰린다의 움직임을 관찰하다가 모두가 들을 수 있도록 크게 말했다.

"저 무찰린다는 우측 시야를 잃었다. 10년 전 연합 레이드의 공격 중에 부상을 입은 건지, 다른 괴수에게 당한 건지는 모르겠지만 말이야. 항상 왼쪽의 헌터 쪽으로 머리를 흔드는군."

"어라? 정말 그러네. 아무래도 우측 눈이 애꾸인 모양인데요? 이거 대기 중인 우리 쪽 연합에도 알려줘야겠죠?"

권산이 고개를 끄덕이자 서의지가 공용 채널에 정보를 공유했다. 그러자 렌즈 화면 우측의 채팅창에 각 길드의 길드장과 파티에서 올리는 메시지의 중간에 서의지의 메시지가 끼어들었다.

[무찰린다. 중국과 일본 공격 중. 우측 시야를 잃은 움직임을 보임. 애꾸인 듯. 공격 방향 정할 시 참고.]

중국과 일본도 당하고만 있지 않았다. 전열을 정비한 파티부터 무찰린다의 가죽에 맹공격을 퍼부었고, 기관총의 소음과 연기, 각종 이능력이 만들어내는 빛과 폭발이 온 천지가 떠나가도록 암흑을 밀어냈다.

무찰린다의 광란의 움직임이 피 분수와 함께 사방에 흩뿌려졌고, 육탄 돌격도 감수하며 무찰린다의 움직임을 제한하던 호버크래프트 13대가 모두 완파되자 중국과 일본 진영은 급격히 무너지기 시작했다. 그때부터 이어진 일방적인 살육과 저항에 살아 있는 헌터들이 급속도로 줄어갔다.

"지금이다."

권산은 이승철에게 메시지를 넣었다. 지금쯤 연합 길드는 침몰선을 크게 우회하여 거의 근접했을 터이다.

무찰린다는 수차례 절대 공포 공격을 했고, 더는 시전하지 못하는 듯 보였다. 중국과 일본의 레이드는 완전히 실패했고, 전투가 가능한 인원은 100명도 남지 않았기 때문에 한국이 지금 개입하지 않으면 중국과 일본의 헌터들은 도망도 못 치고 떼죽음을 당하고 마는 위기 상황이었다.

영상 통신으로 이승철과 통화가 연결되었다.

—왜 지금 들어가야 하지? 경쟁자들을 완전히 떨쳐내려면 무찰린다가 중국과 일본 놈들을 쓸어버린 이후가 낫지 않아?

"지금 살아남은 헌터들은 각국에서도 손꼽히는 강자들이오. 한국의 피해를 최소화하려면 그들이라도 협공을 시켜야 하지 않겠소? 무찰린다는 아직 팔팔하니까."

—그래, 일리가 있군. 하지만 레이드 후 무찰린다의 사체를 놓고 괜한 분쟁거리를 만드는 꼴이니 맘에 안 드는군.

권산은 피식 웃었다.

"은근히 새가슴이시군. 그래서야 이지스 길드의 수장이라 하겠소? 우리는 이미 가짜 무찰린다 작전으로 중국과 일본을 속여 넘겼는데 결국 분쟁은 예정된 수순이오. 우리가 할 일은 사냥 후에 최대한 많은 전력을 보존하여 무력으로 사체를 지키면 되는 것 아니오."

—무례하지만 인정하지. 그때도 현무 길드가 힘이 돼주리라 믿네.

통화가 끝나고 무찰린다의 우측 방향에서 일단의 무리가 조명탄을 터뜨리며 나타났다. 바로 통일한국의 연합 길드였다.

"자! 우리도 들어가 볼까?"

모두 벌처에 올라 전장에 향했다. 한국의 호버크래프트 3대에서 로켓포와 유탄이 날아들고 화기에서 총탄은 수도 없이 뿜어졌다. 호버크래프트는 8대를 끌고 온 일본이나 5대를 끌고 온 중국에 비해 3대로 가장 적었으나 가장 최신형으로 업그레이드된 모델이 분명했다. 화력 면에서는 거의 6대분은 되는 듯 보였다. 무찰린다는 시야의 사각에서 접근하는 한국 연합 길드의 존재를 놓쳤고, 무방비로 얻어맞자 정신없이 몸을 뒤틀며 살아남은 일본의 헌터 무리 쪽으로 돌진했다.

"막아! 이쪽으로 온다!"

육체 강화 계열의 헌터들이 전면에 나섰다. 특히 대머리 헌터 두 명이 거인화 능력으로 몸을 크기를 세 배나 부풀리며 무칠린다와 충돌했다.

"크아아!! 다카하시! 버텨!"

"형님! 몸이 터집니다! 으아악!"

그때 그들의 옆으로 청동의 몸을 한 헌터가 무찰린다와 충돌하며 머리통을 밀어붙였다. 바로 장규철이었다. 다카하시 형제는 겨우 숨을 돌리며 무찰린다의 아래턱을 멈춰 세우는

데 성공했다. 이것도 무찰린다의 힘이 거의 빠지고 약해졌기 때문에 가능한 행동이었다.

"명희! 눈을 노려!"

선명한 푸른 뇌전이 무찰린다의 왼쪽 동공에 직격했으나 투명한 막으로 보이는 꺼풀이 눈알을 보호했는지 뚫리지 않았다. 권산은 백민주의 버프를 받고 무라사키 대검을 양손에 잡고 뛰어올랐다. 상황은 아주 위험했다. 바로 일본의 이능력자들이 원거리 공격을 가하며 권산의 움직임을 제약하고 있었기 때문이다.

'벽력탄강기.'

구결을 암기하며 내공을 끌어 올리자 호신강기와 같은 푸른색 연무가 올라와 광휘를 내며 번쩍였다. 권산의 주위로 구체가 형성되며 에너지 공격을 막아내었다.

'왼쪽 눈.'

권산은 강철 같은 돌기와 각피 사이에 번쩍이고 있는 안구를 향해 광룡사일을 전개했다. 다연장 로켓과 같은 강기가 허공에 떠오르며 목표를 향해 폭사했고, 무찰린다의 왼쪽 안구가 산산이 터져 나갔다.

크롸롸롸!

무찰린다가 비명을 지르며 입을 크게 벌리자 먼 거리에 서 있던 서의지가 타이밍을 놓치지 않고 폭열황소 탄궁으로 폭탄 구슬을 쏘아 넣었다. 폭발하는 쇠구슬은 일종의 수류탄으로 체내에서 터질 경우 엄청난 대미지를 주는 무기였다.

다섯 개의 구슬이 목젖에서 터져 나가자 무찰린다의 비명마저 집어삼키는 폭음이 터져 나왔다. 그러나 입속이 너덜너덜해지긴 했어도 무찰린다는 그 폭발을 견뎌내고 마구 머리를 흔들었다. 전혀 예측할 수 없는 움직임에 다카하시 형제와 장규철이 튕겨져 나가고 홍련은 전명희와 백민주를 붙잡고 몸을 뺐다.

"이데아, 힘줄을 투영해."

—해부도 정보가 없어서 추정 화면으로 대체합니다.

이데아는 각종 뱀의 해부도와 뱀에서 진화한 괴수들의 해부도를 조합하여 무찰린다의 힘줄이 있을 법한 위치를 증강현실에 투영했다. 저 거대한 동체를 움직이려면 힘줄의 개수나 굵기가 보통이 아닐 것임은 띄워보지 않아도 명백했다.

'움직임만 둔하게 하면 나머지는 연합 길드가 정리할 수 있다.'

권산은 턱 밑에서 가슴 쪽을 지나 척추로 연결된 힘줄 하나를 목표로 했다. 본능적으로 가장 급소라는 판단이 든 것이다.

"용살검법 후반 3식 무검천류."

미완의 검법인 용살검법 후반식 중에서도 가장 난해하고

복원이 어렵던 3식이 권산의 손에서 펼쳐졌다. 무검천류는 검신룡 조사가 암천마제를 죽이기 위해 창시한, 공간을 뛰어넘는 검식으로 용살문 최고의 비기라 할 만했다.

휘둘려진 대검의 끝이 물결에 투영된 나뭇가지가 바람에 따라 흔들리듯 흐릿해졌다가 은빛 섬광과 함께 다시 나타났다. 요란한 검강도, 검풍도 나타나지 않았다. 그러나 무찰린다는 갑자기 고개를 땅으로 처박더니 목 위쪽으로는 움직이지 못하고 울음만 터뜨렸다. 두꺼운 갑각 내부의 아름드리나무처럼 굵은 힘줄이 무슨 이유에서인지 갑자기 절삭되어 버린 것이다.

"후욱."

권산은 깊은 숨을 몰아쉬었다. 한 번의 검초에 1갑자의 내공이 소진되었다. 그만큼 물리법칙을 무시하는 가공할 검식을 현세에 구사하기란 결코 쉬운 일이 아니었다. 검첨에서 발산된 암경이 유수처럼 흘러가 공간을 이격한 뒤 검강으로 변환되어 장애물 뒤에 숨은 적을 베어버리는 수법이었다. 암천마제의 암천마기를 뚫고 치명타를 가하기 위해 창안된 최후 절초라 할 수 있었다.

"철수한다."

권산은 현무 알파를 챙겨서 장내를 이탈했다. 괜히 연합 길드의 화망에 들어가 벌집 신세가 되지 않기 위해서였다. 무찰린다와 연합의 싸움은 한 시간여 더 지속되었고, 수십 명 단위의 사상자를 낸 뒤 마침내 무찰린다가 차가운 시체가 되어 움직임을 멈췄다.

"이겼다!!"

"무찰린다를 잡았다!"

"우리 한국연합이 무찰린다를 잡았다!"

환호성이 사방을 가득 메웠다. 괴수 사체의 권리를 주장함과 동시에 헌터로서 사냥에 성공한 자부심을 맘껏 표출한 것이다. 그제야 중국과 일본은 이를 으드득 갈았다. 완전히 계략에 말려 몸빵 신세가 된 것에 분통이 터진 것이다.

그러나 이승철이 무찰린다 사체는 한국의 소유로 천명하고 중국과 일본은 즉시 자리를 떠날 것을 요구하자 눈물을 머금고 동료의 시신을 수습해 떠나는 수밖에 없었다. 한국의 헌터는 150명 넘게 살아남았다.

그에 반해 중국과 일본은 도합 100명도 온전치 못하게 살아남았다. 10명 중 9명이 죽어나간 것이다. 이 전력으로는 한국에 항의도 제대로 못 한다. 특히 국가적인 지원을 등에 업고 레이드에 참여한 일본 헌터들의 안색은 말이 아니었다. 무찰린다는 둘째 치고 오오카제를 코앞에 두고 한국에 뺏긴 것이다.

일본의 최상급 헌터 다카하시 형제는 단 두 번의 공격으로 무찰린다를 무력화시킨 한국의 헌터를 떠날 때까지 유심히 바라보았다. 대검을 등에 걸친 장신의 남자, 바로 권산이었다.

'저런 헌터가 한국에 있었다니. 언젠가 또 만날 날이 있겠지.'

6장

정부 테러 I

"작전 개시인가?"

강철중은 단말기에 보안 회선으로 들어온 메시지를 응시했다. 발신인은 권산이었다. 고도를 높여가는 쿼드 캐리어 안에서 강철중은 진광을 바라보았다.

"진광, 넌 후회 따윈 하지 않겠지?"

"크하하, 그걸 말이라고. 너야말로 괜히 심각한 척하지 마. 어차피 우리 대장이 박돈학과 계속 한 배를 탈 거라 생각한 것도 아니잖아. 대장을 믿고 시원하게 박돈학에게 물을 먹이자고."

강철중이 이를 앙다물었다. 우직한 군인인 그도 짬이 높아지다 보면 자연히 느는 눈치라는 것이 있다. 이번 작전이 끝난다면 박돈학은 국가 반역죄를 뒤집어쓰고 긴급 체포될 것이며, 권산과 777특수부대는 박돈학이 비밀리에 이어도에서 양성하는 반역군이 되어 산산이 와해될 것이다. 당연히 불명예 전역은 기본인지라 신상의 안전에 대해 민감할 수밖에 없었다. 다만 권산은 부대원들의 경우 단기간의 영창 신세 정도로 끝날 것이라 장담했다.

'어차피 평생 쓰고도 남을 만큼 돈은 벌었다. 부대원들도 불명예 전역에 대해서는 겁내지 않아. 안전에 대해서는 대장을 믿는 수밖에.'

예정된 시간이 되었다. 끊임없이 고도를 높이던 쿼드 캐리어의 하단부 해치가 열리며 체적 4제곱미터 크기의 육각면체가 낙하했다. 바로 헬파이어 활공 기뢰였다.

활공 기뢰는 36개의 방위각 조절기에서 압축가스를 분사하며 느린 속도로 활공에 들어갔다. 균형을 잡은 활공 기뢰의 움직임은 완만하여 지대공미사일이나 대공포의 공격에도 노출되는 상황이었으나 공격을 받은 즉시 활공 기뢰는 공중 폭발되며 폭발력으로 지상 전체를 날려 버린다. 그렇다고 활공 기뢰를 방치하면 목표를 추적하여 접근한 후 신관이 작동하여 폭발한다.

요격은 쉽지만 요격해서는 안 되는 무기. 헬파이어의 폭발력이 소형 핵폭탄급이니 가능한 특징이다. 활공 기뢰는 바람처럼 지상으로 흘러갔다. 목표는 여의도 정부 청사였다.

*　　　　*　　　　*

"뭐라고? 뭐가 떨어지고 있어?"

"활공 기뢰로 추정되는 물체입니다. 대통령 각하, 일단 피하셔야 합니다."

아닌 밤중에 홍두깨도 이런 홍두깨가 없었다. 격무를 마치고 집무실로 돌아온 김혁권은 비서실의 급보를 전해 듣곤 보좌진과 함께 정부 청사 지하 100m에 위치한 벙커로 이동했다. 국방부에서 올린 보고 화면이 스크린에 올라왔고, 실시간으로 접근하는 활공 기뢰의 레이더와 화면이 우측에 띄워졌다.

"국방부 장관, 뭐 해? 브리핑해."

"약 5분 전 북한산 방면 상공에서 처음 활공 기뢰가 식별되었습니다. 저속으로 활공 중이며 이동 패턴 분석 결과 여의도 정부 청사가 목표인 듯합니다. 요격은 가능하지만 핵폭탄급 폭발이 일어나기 때문에 서울의 20%가 지도에서 사라질 것으로 보이며 인명 피해는 산출 불가입니다."

"어떤 미친놈이 쐈어? 중국이야, 일본이야?"

"그, 그게… 망원 촬영 화면을 보십시오."

스크린에 다시 활공 기뢰를 원거리에서 촬영한 고해상도 화면이 올라왔다. 국방부장관의 설명이 따라붙었다.

"외관상으로 판별하건대 타국의 무기가 아닙니다. 우리 쪽 헬파이어 활공 기뢰로 보입니다. 현재 속도로 보건대 예상 타격 시점은 20분 뒤입니다."

"뭐? 우리 무기? 이런 미친. 대체 어떻게 된 노릇이야? 아니, 그것보다 대책을 내놔, 대책을!"

국방부장관은 꿀 먹은 벙어리가 된 듯 말을 못 했다. 요격해도 터지고 방치해도 터진다. 공중 폭발이냐, 지상 폭발이냐는 핵폭탄급 파괴력을 가진 무기 앞에서 무의미했다. 요는 활공 기뢰의 투하가 자국의 영공에서 발생하지 않도록 사전에 막는 것이 최선인데 이미 늦어버린 상황이었다.

"대통령 각하, 외부 회선에서 연락입니다. 발신지 추적은 불가능하며, 서울을 날리기 싫으면 받는 게 좋을 거라는 협박성 메시지입니다."

김혁권은 본능적으로 연락을 시도한 쪽이 지금의 헬파이어를 날린 놈들이라는 것을 알아챘다. 놈들은 목적이 있었다. 협상할 시간을 얻어내기 위해 의도적으로 활공 기뢰를 저공으로 낙하시키며 연락한 모양이다.

"연결해."

스크린의 한쪽 화면이 음성 패턴으로 변하며 통화에 들어갔다. 흘러나오는 음성은 중국어였다. 벙커의 시스템이 자동으로 한국어로 번역하여 자막을 생성했다.

—안녕하시오. 나는 황해 해적의 두목 되는 사람이오. 짐작하다시피 지금 당신네 상공에서 접근하는 활공 기뢰는 내가 보낸 작은 선물이오. 기쁘게 받으셨으면 하오만.

김혁권은 통역관을 불러 말을 옮기게 했다.

"황해 해적 같은 무법자 집단과 이리 엮이게 될 줄 몰랐군. 언제부터 테러 짓까지 하게 되었소? 그래도 연락을 한 걸 보면 원하는 목적이 있을 것인데 본론부터 이야기합시다."

—듣던 대로 성격이 불같으시군. 좋소. 나도 사람 죽는 걸 즐기는 성격은 아니니 협상을 합시다. 내가 원하는 걸 한국 정부에서 넘겨준다면 활공 기뢰의 신관 동작 코드를 멈추지.

"좋소. 무리한 요구만 아니면 수용하지."

—라독 5톤을 넘기시오. 보관소에서 빼내어 야드에 야적한 뒤 우리 측에서 공중 운송 할 수 있도록 모두 와이어로 결박하고 좌표와 사진을 넘기시오. 시간은 20분 드리지. 아, 더 드릴 수는 없소. 어차피 그 안에 활공 기뢰가 떨어질 테니.

김혁권은 이를 악물었다. 손짓으로 괴수부장관을 불러 현재 라독 보유분이 얼마나 되는지 물었다. 황해 해적의 수장이 알고 요구했는지는 모르나 현재 여유 라독은 6톤이었다. 1톤의 라독이면 2달을 보급할 수 있으니 5톤을 줘버리면 2달 후부터는 국민들에게 방사능 해독제를 유통할 수 없다는 계산이 나온다.

'그래도 들어줄 수밖에 없는 상황이다. 부족한 라독은 2달 안에 타국에서 사들이든지 방법을 강구할 수 있다. 하지만 떨어지는 헬파이어를 못 막는다면… 끔찍하군.'

김혁권은 괴수부장관에게 황해 해적의 요구대로 진행할 것을 지시했다. 핫라인으로 수원 보관소에 명령이 전달되었고, 부랴부랴 라독이 냉동고에서 꺼내져 야드에 쌓인 뒤 결속되었다.

남은 시간은 3분.

김혁권은 보관소의 좌표와 야적된 라독 더미의 사진을 외부 회선으로 송부했다.

—일 처리가 좋으시군. 약속대로 활공 기뢰의 폭발은 없도록 코드를 변경하지. 수고하시오. 그리고 우리 쪽에서 공중으로 접근할 수 있도록 하늘을 비워두시는 것 잊지 마시오. 언제든 활공 기뢰를 원격으로 터뜨릴 수 있다는 것 명심하시고.

연결이 끊어졌다. 활공 기뢰는 그 육중한 몸체와는 상반되는 사뿐한 안착으로 정부 청사 앞마당에 떨어졌고, 약간의 흙먼지만 일으킬 뿐 더는 동작하지 않았다. 폭발물 해체 부대가 출동했고, 가장 먼저 한 일은 활공 기뢰 주변으로 거대한 전자파 차폐막을 치는 일이었다. 금속제 피막으로 주변을 완벽히 밀봉하면 외부에서 원격 신호로 활공 기뢰를 재작동시킬 수 없게 된다.

김혁권은 영상을 지켜보며 미소를 지었다.

"멍청한 해적 놈. 내가 이리 순순히 당할 줄 알았나. 하하하!"

국방부장관이 다가와서 물었다.

"아직 미식별 비행체의 접근은 없습니다만, 어떻게 할까요? 하늘을 비워둘까요?"

"그럴 필요 없어. 보이는 족족 격추해 버려. 그 빌어먹을 활공 기뢰를 투하한 기체도 바로 찾아내도록."

폭발물 해체 부대가 차폐막 안에서 활공 기뢰를 제거할 것이니 더 이상 해적들에게 끌려갈 필요가 없다는 판단이었다. 그렇게 일이 마무리되어 가는 듯했다.

그러다 괴수부장관이 어딘가와 연결된 전화를 받더니 찢어지는 듯한 비명을 질렀다.

"대통령 각하, 터, 털렸습니다! 수원 보관소 밖에 야적한 라독이 모두 없어졌어요!"

"뭐? 이 개털 같은! 비행체 접근도 없었잖아? 대체 왜?"

괴수부장관이 화면을 조작하여 수원 보관소에 설치된 감시 카메라 영상을 띄웠다. 시간을 보건대 정확히 1분 전에 촬영

된 것으로 보였다. 화면의 중심부에 쌓여 있는 라독 박스 옆으로 갑자기 은빛 섬광과 함께 단구의 노파가 나타났는데, 마치 화면이 끊기는 듯 몸 전체가 점멸하더니 라독 더미 전체와 함께 사라지는 화면이었다.

"순간 이동? 이런 이능력도 있었어?"

김혁권은 머리를 잡으며 의자에 털썩 주저앉았다. 황해 해적 놈들의 손아귀에서 완전히 놀아났다. 놈들은 처음부터 공중 운송을 할 생각이 없었다. 순간 이동 능력자를 이용해 물건을 빼낼 계획을 했고, 좌표와 사진을 요구한 건 아마 그 이능력을 쓰기 위한 필수 조건인 듯했다.

무겁게 공기가 가라앉은 벙커에서 누군가 김혁권에게 다가왔다. 얼굴을 보니 군부의 김만력 소장이었다.

"자네는?"

"각하, 김만력입니다. 일이 있어 정부 청사에 들어와 있다가 상황이 터져서 같이 벙커에 들어왔습니다. 지금 이 시점에서 가장 급한 건 누가 황해 해적에게 헬파이어 활공 기뢰를 제공했는가 하는 것입니다. 다른 국가도 아닌 우리 측 전략 병기가 해적 손에 있다면 군부에서도 상당히 고위급 인사가 개입되어 있을 가능성이 높습니다. 즉시 전 장성을 소집하고 구금한 뒤 헬파이어 유출 루트를 파헤쳐야 합니다."

"옳은 판단이군. 좋아. 국방부장관, 즉시 시행하게."

김만력은 희미하게 미소 지었다. 모든 것이 권산이 세운 계획대로 착착 진행되고 있었다. 김만력은 외부 회선으로 연락한 황해 해적의 수장이 누구인지 알고 있었다. 바로 권산의 대사형인 제곡이었다.

이제 시간 싸움이었다. 저 먼 대평원 어딘가에서 레이드를 마친 권산은 이어도기지를 거쳐 본토로 복귀하고 있을 것이다.

박돈학 중장 제거 작전을 개시한 것이다.

7장
정부 테러II

전국에 퍼져 있던 군부의 장성들은 대통령 소집령에 따라 정부 청사로 모여들었다. 소식통을 통해 정부 청사에 테러 시도가 있었다는 것은 전해 들었으나 정확히 어떤 수단을 이용했는지는 통제되었기 때문에 이 사건에 대한 대통령의 공유 메시지가 있을 것으로 짐작하고 있었다.

그러나 모두가 회의석상에 참석했을 때 헌병대가 난입하여 장성들을 구금했고, 박돈학 역시 피해가지 못했다. 특히 뒤가 구린 그는 필사적으로 저항하고 탈출하려 했으나 여의치 않았다.

'대체 뭐지? 모두 잡은 걸 보니 나와 상관없는 일인가?'

격한 호통과 함성이 오가고 수십 명의 장성은 정부 청사 지하에 구금되었다. 수 시간이 흐른 뒤 마침내 헬파이어의 해체가 완료되자 김혁권은 한 장의 보고서를 받을 수 있었다.

일련번호 없음. 개발 초기에 만들어진 프로토타입으로 보임. 내부 부품에 새겨진 제조 번호로 추적한 결과 해당 프로토타입 해체 담당자는 박돈학 중장임. 이미 폐기 완료 된 것으로 보고됨. 신관은 노후 불량으로, 폭발은 불가능한 기종으로 판단.

김혁권은 종이를 한 손에 구겼다. 터지지도 않은 폭탄 때문에 무려 라독 5톤을 빼앗겼다. 그 가치는 수십조 원대에 이를 만큼 막대하거니와 국민들의 생명이 달린 중대한 의약품의 소재였다.

"김만력 불러."

김만력이 대통령 집무실로 들어오자 김혁권이 그의 눈을 뚫어지게 바라보았다.

"소장이 내게 조언한 덕에 별 저항 없이 흉수를 잡았군. 그 씹어 먹을 놈은 박돈학이야. 놈이 황해 해적에게 물건을 넘긴 것 같아. 소장이 이 일을 맡아서 철저히 파헤쳐 주게."

"물론입니다, 각하."

"박돈학은 군부에 뿌리가 깊은 장군이야. 일 계급 특진시켜 줄 테니 잘해보게, 김만력 중장."

김만력은 경례를 올리고 집무실을 나왔다. 이미 플랜은 다 짜인 상태였다.

박돈학은 이제 끝났다.

일주일 뒤 모든 수사가 종료되었고, 이례적으로 언론에도 곧바로 공개되었다. '박돈학 반역 사건'으로 명명된 정부 청사의 테러와 이를 위해 황해 해적과 내통한 점, 비밀리에 이어도에 군사기지를 설립하여 괴수 사냥을 통해 쿠데타에 쓰일 자금과 병력을 양성한 점, 국가의 전략무기를 문서 조작을 통해 빼돌린 점이 핵심적으로 부각되었고, 그 외에도 온갖 종류의 비리와 축재가 도마에 올랐다.

국민들은 분개했으며, 군사법원에서는 즉각 사형을 언도했다. 명목상으로 사형제도가 사문화된 탓에 사실상 무기징역으로 살게 될 테지만 박돈학은 그렇게 완벽하게 사회적으로 죽은 사람이 되었다. 군부는 그렇게 뿌리 깊은 암 덩어리 하나를 제거하게 되었다.

박돈학이 사병으로 부린 이어도기지의 부대원들은 모두 본토로 소환되어 한 번씩 조사를 받았으나 그들은 박돈학의 사병임을 인지하지 못했고, 정식 명령서를 통해 부대 배치를 받았기 때문에 죄가 인정되지 않았다. 오직 박돈학의 심복으로 기지를 지휘한 권산 소령은 30년 형을 언도받았고, 강철중과 진광은 불명예 전역 처분되었다. 부대원들은 이어도기지로 배치받기 전의 자대를 찾아서 뿔뿔이 흩어졌는데 대부분은 부대에 남지 않고 전역하는 것을 택했다. 이미 수중에 한몫을 단단히 챙겼으니 더 이상 미련이 없는 것이다. 권산 소령은 교도소로 이송 중에 교통사고가 발생하여 차량이 폭발하는 사고를 당해 즉사한 것으로 처리되었다.

*　　*　　*

"데리러 와줘서 고마워."

"뭘요. 권산 헌터님도 스토커 건 때 저 도와주셨잖아요."

민지혜는 권산을 태우고 서울로 향하는 중이다. 대전으로 향하던 교도소 이송 차량이 폭발하는 오버액션까지 한 뒤 민지혜에게 연락해 차량을 얻어 탄 것이다. 민지혜가 흘러내리는 안경을 매만지며 입을 열었다.

"그래도 제가 권산 님 전담이잖아요. 제게는 모든 비밀을 공유해 주시는 게 어때요? 그래야 내 일을 더 잘할 수 있을 것 같은데……. 이번 일만 해도 군부에 끈이 있는 수준이 아니라 아예 소령 출신으로 전역까지 하셨던데요. 이능력자가 군대에 갔다는 것도 금시초문인 데다 그 외에도 권산 님은 뭔가 숨기는 게 많아요. 정말 절 믿으신다면 제대로 믿어주시는 게 어떨까요?"

민지혜는 아무래도 담아둔 것이 좀 있는 모양이다. 그간 권산을 서포트하며 항상 일정한 거리를 두는 그의 모습에 내심 실망한 듯했다. 권산은 흘러가는 풍광을 지켜보며 말했다.

"민 실장은 현무 길드의 직원으로서 나를 서포트하게 되었지. 하지만 앞으로 나는 현무 길드와는 무관한 많은 일을 할 생각이야. 그때도 나를 서포트할 수 있어?"

민지혜는 잠시 말이 없었다. 그녀가 생각하지 못한 범위였기 때문이다. 권산의 제의는 듣기에 따라서는 일종의 스카우트였다. 개인 비서가 되어 달라는.

"보수만 충분하다면 못 할 것 없죠. 하지만 지금은 길드 업무도 있고 다른 헌터들의 서포트도 맡고 있어요. 제 시간을 온전히 사실 건가요? 그럼 제가 길드를 나와야 해요."

"아직은 그 정도까진 필요하지 않아. 하지만 조만간 그리 될 것 같군. 내가 월 5백만 원의 추가 수당을 주겠어. 일단은 현무 길드에서 나올 필요는 없지만 나오게 되면 매월 1천만 원으로 올려줄게. 이 정도면 되겠어?"

민지혜는 고개를 저었다.

"추가 수당은 필요 없어요. 하지만 길드를 나오게 되면 월

2천만 원 주세요. 제 능력이 그 정도는 된다고 생각해요."

"오케이. 왠지 더 편해진 느낌인데?"

"그럼 비밀을 더 공유해 주실까요?"

권산은 고개를 끄덕였다. 자신이 목표하는 바와 향후 계획에 대해 깊은 단계까지 민지혜가 알아야만 자신의 의도를 읽고 올바른 방향으로 서포트를 할 수 있다는 생각이다.

자신은 본래 이능력자가 아니라는 점, 중국 무술을 깊은 단계까지 익혔으며 이를 통해 레이드를 할 수 있었다는 점, 군 생활을 하며 괴수를 사냥했고 전역한 후에는 가짜 신분증을 만들어 헌터로 등록한 뒤 현무 길드에 들어갔다는 설명이었다.

"두 개의 신분 중 소령 권산은 이제 죽은 사람으로 처리될 거야. 조금 전 이송 차량 폭발까지 해가며 쇼를 한 건 그 때문이지. 이제 헌터 권산만이 남았군."

권산은 괴수의 멸종, 혹은 괴수가 없는 신세계로의 이주가 자신의 목표임을 밝혔다. 민지혜는 듣기에 따라 터무니없다고 생각했으나 말을 끊지 않고 계속 귀를 열었다.

권산은 이를 위해 제약 회사를 설립했고, 인공 방사능 해독제를 유통시킬 계획임을 밝혔다.

"맙소사! 진짜예요?"

"그래. 지금 정부는 라독 보유분이 많지 않아. 이번 테러 사건 때 황해 해적에게 많이 뺏겼거든. 그런데 이미 J&K제약에서 진성그룹의 로비 망을 통해 인공 해독제 양산을 정부 측에 허가받고자 안간힘을 쓰고 있는 상황이었지. 하지만 라독을 독점한 정부가 그 특권을 민간에 이양할 이유가 없기 때문에 공무원들이 이런저런 핑계를 대며 허가를 미루는 상황이었는데 이제 상황이 달라졌어. 국민을 죽이지 않으려면 인공 해독제를 허가할 수밖에 없게 되었지. 동절기가 끝난 지 얼마 되지 않아 라독 구하기가 쉽지 않을 테니까."

이는 권산의 예상대로였다. 이미 정부 청사에는 대통령의 특별 지시로 이재룡 총수와 지명훈이 초대받아 들어가고 있었다. 목적은 바로 인공 해독제의 효과와 양산 능력을 확인하기 위해서였다.

권산은 최근 접근 금지 구역 안에서 화성으로 통하는 양자 터널을 발견했다는 점도 밝혔다. 양자 터널을 통과하여 화성으로 정찰을 떠날 것이고, 이를 통해 지구의 인간들이 방사능과 괴수로부터 자유로운 세상으로 이주할 수 있을지 가능성을 확인할 것임을 전했다.

"정말로 놀라운 이야기군요. 제 판단이 옳았어요. 그 계획들에 꼭 제 능력이 쓰였으면 좋겠어요."

"그래. 이 두 가지 큰 계획에서 나를 돕고 있는 지명훈 사장과 김요한 박사의 연락처를 줄게. 필요한 경우 자유롭게 판단해서 두 사람과 연락을 취해줘."

민지혜가 고개를 끄덕였다.

"그럴게요."

"양자 터널이 있는 곳 근처에 황해 해적의 본거지가 있어. 호리곡이라고 부르더군. 그곳은 내 사문인 용살문에서 접수했기 때문에 내게는 안전한 곳이야. 난 그곳을 발판으로 앞으로 벌어질 모든 일을 추진하고자 해. 일단 아지트는 김요한 박사의 명의로 돌려주고, 이데아 본체를 호리곡으로 운반해야겠어. 이 일을 먼저 계획해 주겠어?"

"군부의 장벽 감시망을 뚫고 불법으로요?"

"그럴 필요는 없어. 친한 사람이 한 명 있거든. 앞으로 장벽을 넘을 때는 그 사람의 도움을 받으면 돼."

"누군데요?"

"새롭게 떠오른 군부의 실세 김만력 중장. 이미 내 계획에 대해 말해줬어. 참여하겠다고 하더군. 믿을 수 있는 양반이니 안심해도 좋아."

권산은 내친김에 자신의 계좌 관리까지 민지혜에게 맡겼다. 이미 계좌에는 수백 억의 자산이 있었다. 가장 마지막 레이드와 연합 레이드를 통해 조만간 그만큼의 자금이 또다시 입금될 예정이다. 더구나 J&K제약에서 신약이 팔리기 시작하면 그때부터 입금되는 로열티로 사실상 자금에 대해서는 완전히 자유롭게 되는 단계에까지 이른다.

"1억 이하의 자금은 내 결재 없이 집행해도 좋아. 그 이상은 이데아를 통해 결재 요청서를 보내줘."

권산은 전자 계좌 겸용 인식표를 민지혜에게 건네었다. 민지혜는 차량에 설치된 컴퓨터에 연결시켜 계좌를 열람했다.

"이야, 이렇게나 자금이 많이 있어요? 한국의 부자 순위 다시 써야겠는데요?"

"자금은 우리 계획에 없어서는 안 될 요소야. 그래도 무제한은 아니니 잘 관리해 줘."

민지혜는 전자 계좌 정보를 컴퓨터에 복제하고 다시 인식표를 돌려주었다.

8장

쿄토의 혈투 I

권산은 강남의 허름한 뒷골목 선술집에 들어가 바텐더에게 쪽지를 내밀었다. 바텐더는 쪽지를 가지고 어딘가로 사라졌고, 이윽고 두 명의 사내가 홀에 나타났다.

강철중과 진광이었다.

박돈학 반역 사건에서 사병들은 무죄로 판명되었지만, 간부라고 할 수 있는 둘은 불명예 전역 처분이 내려졌다.

"민간인 신분이 된 소감이 어때?"

권산은 바에 앉아 둘에게 맥주를 돌리며 물었다. 강철중이 맥주잔을 만지작거리며 말했다.

"후회 중입니다. 돈을 얻고 명예를 잃다니."

"크하하, 이 친구 꽁해가지고는. 저는 뭐 후련합니다. 신나게 싸워볼 기회가 더 없을 것 같아 아쉽지만요."

진광은 역시 그의 성격에 맞게 호전적인 대답을 했다. 권산은 특히 강철중의 얼굴을 바라보며 말했다.

"나 혼자 총대 메고 끝낼 수 있을 줄 알았는데 일이 이렇게 되어 미안하다. 군사법원이 이리 나올 줄 몰랐어. 하지만 이제 명예 대신 다른 걸 목표로 해보는 건 어때?"

"그래야겠죠. 무엇을 목표로 할 수 있을까요? 돈이야 넘칠 만큼 있으니 큰 저택이나 사볼까요?"

자조적인 목소리의 강철중이었다. 강한 정신력에 외골수적인 성격인지라 한번 무너진 자존심을 회복하는 데 시간이 걸릴 듯했다.

"내가 꿈꾸는 세상을 만들려면 능력 있는 동료가 필요해. 난 너희 둘이 내 진정한 동료가 되었으면 한다."

권산은 둘에게 자신이 뜻하고 있는 바를 설명했다. 강력한 무력 집단을 만들어 괴수를 쓸어버리고, 방사능이 없는 신세계로의 이주를 이루겠다는 것이다. 둘은 이미 무찰린다의 동굴에서 양자 터널을 두 눈으로 보았기 때문에 권산이 말하는 게 허무맹랑하게 느껴지지 않았다.

"화성으로 정찰을 떠난 뒤 그곳에 전초기지를 만들 생각이야. 이를테면 제2의 이어도기지가 되는 거지. 군사훈련이 안 된 민간인 헌터들을 그런 일에 투입하기는 어려워. 훈련이 잘 된 부대가 필요해. 정규군이 아니니 소수 정예 용병단 정도로 구성했으면 좋겠다."

강철중과 진광은 진지하게 들었다. 용병단을 창설해 거친 녀석들을 훈련시키고 화성으로 떠난다. 목숨을 걸어야 하는 중한 임무임에 분명했고, 왠지 가슴이 뛰는 것은 모험에 뛰어들고 싶은 남자의 본능 때문이리라.

진광이 대소를 터뜨리며 물었다.

"사람이야 해체한 777부대원 중 희망자를 추려 복귀시키고, 이쪽 바닥에 유명한 놈들로 영입할 수 있지만 군수품과 보급 문제는 어떻게 할 거요, 대장?"

"진성그룹의 지원을 받을 생각이다. 어차피 진성그룹에서 생산한 군수품이 군부에 납품되고 있으니 사실상 박돈학의 지원을 받을 때와 무기의 제원이 달라지는 건 없을 거야."

강철중이 맥주를 한 모금 마시고 잔을 내리며 물었다.

"육상전대는 그런 식으로 구성한다고 칩시다. 하지만 공중전대는 어렵지 않겠습니까?"

권산이 고개를 끄덕였다.

"맞아. 어차피 쿼드 캐리어 같은 큰 비행체는 좁은 양자 터널을 통과시킬 수도 없어. 당연히 화성에서 공중전대를 운용하는 것은 불가능해. 대신 전 용병에게 점프팩 훈련을 시킬 생각이다."

강철중이 심각한 표정을 지었다. 점프팩은 등 뒤에 백팩 형태로 상체와 결속한 뒤 하부로 압축가스를 분사해 추력을 얻는 기기인데 군부에서도 이제 시연하는 단계의 신형 병기였다. 난지형에서 용이한 기동력을 발휘하는 이동 장치인데 10미터의 높이를 뛰어오를 수 있고, 산악 지형에서 1시간에 50㎞를 행군할 수 있는 어마어마한 장점이 있었다. 다만 단점은.

'균형 잡기가 까다롭고 압축가스를 지속적으로 충전하는 게 번거롭지.'

"그래, 점프팩을 사용하지 않는 상황이 되면 좋겠다만, 사방이 적에게 고립되었을 때 공중전대를 이용한 퇴각 작전이 불가한 이상 필수적이라 본다. 용병을 뽑을 때 전투병 외에도 병기창 경험이 있는 자들도 다수 선발 하는 게 좋겠어. 강철중, 진광, 합류할 텐가?"

강철중은 가슴속 열정이 왠지 다시 타오르는 듯한 느낌을 받았다. 무엇이 되었든 목표가 없으면 안 되는 사람이었다, 자신은.

강철중은 천천히 웃으며 잔을 내밀어 권산에게 건배를 권했다. 대답은 이미 받은 것과 같았다.

*　　　*　　　*

권산은 진성그룹 본사로 찾아가 이재룡 총수와 독대를 했다. 인공 해독제의 시판 승인이 났기 때문에 몹시도 화기애애한 분위기 속에 이야기가 오갔다.

"자네의 이번 계책에 내 정말 혀를 내둘렀네. 황해 해적까지 끌어들여 판을 벌이다니. 덕분에 정부가 인공 해독제 승인을 할 수밖에 없게 되었지. 당장 다음 달부터 시판에 들어간다네."

"과찬이십니다. 그건 그렇고……."

권산은 미나를 통해 양자 터널의 존재와 이를 연구할 연구진을 이재룡에게 부탁한 적이 있다. 연구진은 김요한 박사와 접선하여 이미 무찰린다 동굴에 연구 시설을 설치하고 연구에 돌입한 상황이었다. 앞으로 계획한 화성 탐사와 양자 터널의 진실을 관리하는 일은 혼자 힘으론 어렵기 때문에 진성그룹 차원의 지원이 필요했다. 권산은 양자 터널의 활용에 대해 이재룡의 생각을 물었다.

"연구진에게 보고는 수시로 받고 있네. 양자 불꽃을 무력화시키며 안전하게 터널에 돌입할 수 있는 방법을 찾은 것 같더군. 자네는 아직 보고받지 못한 것 같네만?"

"그렇습니다. 아직 김요한 박사와 연락을 못한 상황입니다."

"뭐 단서는 그 동굴에 서식하던 무찰린다라고 하네. 그 사체의 뼈와 가죽을 이용해 실험하니 놀랍게도 양자 불꽃에 반응하지 않았다지. 뼈와 가죽을 잘 가공한 방벽을 세워 안전한 출입로만 확보하면 되니 며칠만 지나면 화성 돌입 실험으로 넘어갈 수 있는 상황인 모양이야."

꽤 진척이 빨랐다. 연구진이 수십 명 보충되니 확실히 일 처리가 용이한 듯했다.

"총수님은 이제 우리가 양자 터널을 어떻게 활용했으면 좋겠습니까?"

이재룡은 이맛살을 찌푸리며 턱을 쓰다듬었다. 이 부분에서 많은 고민을 한 흔적이 역력하게 엿보였다.

"난 자네의 의견을 먼저 들어보고 싶네. 내가 보고받기로는 자네는 우연하게 그 양자 터널을 발견한 게 아니지 않나. 처음부터 화성으로 통하는 초광속 통로가 있을 것이라는 가정하에 접근 금지 구역 내까지 신호를 추적해 그 통로를 발견한 것이지. 일단 양자 터널을 숨기든 세상에 터뜨리든 그 권리는 자네와 김요한 박사에게 있다는 게 내 생각이네."

권산은 잠시 고민했으나 결국 이재룡을 자신의 판에 끼우려면 비전을 공개하는 게 낫다고 생각했다. 화성으로 인류가 이주할 수 있는지 그 가능성을 위해 탐사대와 함께 넘어갈 생각임을 밝혔다.

“제가 확보한 정보로는 화성에는 100년 전 이주한 미국인의 후손들이 이미 국가를 건국해 거주하고 있습니다. 또한 토착 생명체인 오크족도 혼재되어 있고요. 인간이 생존할 수 있는 자연환경을 갖춘 것은 분명하지만, 지구인이 대량으로 이주할 경우 어떤 식의 호전적인 충돌이 발생할지 알 수 없기 때문에 사전 탐사는 필수라고 생각합니다. 일단 제 예하 세력을 이끌고 넘어갈 작정입니다.”

권산은 용병단을 조직할 것임을 알렸고, 이재룡은 그 자리에서 군수품과 보급 물자를 지원할 것을 흔쾌히 약속했다.

“좋아, 나도 자네의 비전에 공감하네. 내가 나노그 프로젝트를 추진하는 것도 다 같은 이유가 아닌가. 어떤 비전이 먼저 목표에 도달할지는 모르겠지만, 최선을 다해 자네를 지원하겠네. 하지만 자네의 비전에도 약점이 있군.”

권산은 이재룡의 눈을 지그시 응시했다.

“그 어떤 국가의 지도자도 양자 터널을 통해 자국민이 다른 행성으로 이주하는 걸 원치 않을 거라는 점이야. 방사능 천지인 세상이라도 기득권층에게는 소중한 세상이거든. 자네도 이에 대해 생각은 했을 것 같은데?”

“물론입니다만, 철저하게 보안을 유지하는 것 외에는 뾰족한 방법을 찾지 못한 상태입니다.”

"음! 내게 아이디어가 있는데 들어보겠나?"

권산이 고개를 끄덕이자 이재룡은 계속 말을 이었다.

"이른바 세계 정부라는 단일 기관의 통제 하에서만 자네의 비전은 가능하네. 그 비슷한 노릇을 하던 UN은 미국이 지구상에서 사라지는 것과 동시에 없어져 버렸고, 지금 각국 정부는 독자 생존도 힘든 처지라 그렇게 큰 그림을 그릴 만한 국가도 없는 형편이지만, 내가 딱 한 군데 세계 정부와 비슷한 권위를 가진 곳을 알지."

권산은 혀가 바짝 말랐다. 역시 총수의 위치에 있는 사람이라 세상을 보는 시야가 남달랐다.

"어디입니까?"

이재룡은 잠시 물로 목을 축이며 뜸을 들였다. 권산의 조급한 표정이 재밌다는 듯한 표정이다.

"바로 바티칸일세. 교황청이 있는 그 바티칸 말이야."

"아?"

과거 핵전쟁 전의 바티칸은 이탈리아 북부에 교국의 지위를 가진 도시국가였다. 그러나 지각 변동을 겪은 후 도시 전체가 수장됨에 따라 수십 세기 동안 세계 곳곳에 은닉한 비밀금고를 개방해 전후 세계 최대 크기의 해상 도시를 건설했고, 이 인공 섬은 수장된 구 바티칸의 지중해 좌표 위에서 부유하고 있었다.

"교황의 초청으로 각국의 정상을 초빙한 자리에서 양자 터널의 존재와 이주에 대해 공표하는 거지. 물론 사전에 화성에서 완벽하게 탐사와 이주 지역을 물색하고 현지인들과 충돌하지 않도록 조율해야겠지만 말이야. 교황의 권위는 이런 세상에서도 제법 상당해. 이를 무시하고 독자적인 행동을 할 국가는 없을 거야. 교황을 함부로 대하지 못하는 건 인공 섬 바티칸이 가진 막강한 무력 때문이기도 하지. 그야말로 움직이는 수십 척의 항공모함이라고나 할까."

'가능성이 있다. 단 한 사람, 교황만 설득할 수 있다면.'

여러 국가의 정상들을 상대하느니 교황 한 명을 상대하는 것이 백번 유리했다.

"화성으로 가거든 탐사 전체를 모두 영상 자료로 남기고 지구로 전송하게. 때가 되면 전 세계 언론을 통해 전 지구인이 화성 이주에 대해 알아야 할 테니. 그리고 몸 건강히 돌아오게. 자네가 없으면 미나가 슬퍼할 테니 말이야. 하하하!"

권산은 이재룡과 작별한 뒤 J&K제약에 들러 지명훈과 한담을 나눴다. 앞으로의 계획을 간략히 공유하고 앞으로 찾아오기 힘드니 이데아를 경유한 화상 핫라인을 지명훈의 단말기에 열어두었다. 막 J&K제약의 정문을 나서는데 대사형 제곡으로부터 메시지가 도착했다.

[복귀 요망. 사부님의 위치와 생존 확인. 복귀 좌표와 시간은 아래 메시지 확인.]

'사부님이 살아 계시다니.'

권산은 제곡이 보낸 좌표대로 남산의 정상 부근 한 공터에 올라갔다. 약속한 시간이 되자 번쩍하는 섬광과 함께 공 노파가 나타났다.

"아이고, 내 팔자야. 얼른 손이나 잡어."

권산이 공 노파의 손을 잡자 둘의 몸이 흔들리는 듯 점멸했고, 삽시간에 장내에서 사라졌다.

다시 나타난 곳은 호리곡이었다.

그곳엔 제곡, 제요, 제순, 등자룡, 홍련이 모두 권산을 기다리고 있었다.

일본으로 한미향을 쫓아 떠난 제순까지 돌아와 있으니 정말 오랜만에 사형제가 모두 모인 것이다.

"사형!"

권산을 중심으로 사형제들이 모여들어 서로 부둥켜안았다. 이광문의 생존 소식을 가져온 제순이 특히나 더 권산을 꽉 껴안았다. 홍련은 눈물을 비치며 엉엉 울기까지 했다.

"스승님이 살아 계시다는 게 사실입니까, 삼사형?"

"그래. 내 두 눈으로 똑똑히 확인했다. 하지만 의식은 없으신 것 같다. 한시가 급해."

대강의 작전에 대해 전해 듣고 권산은 자신의 장비를 챙겼다. 갑옷과 무라사키 중검을 착용하고 나니 마음이 안정되는 것을 느꼈다.

사형제들은 널찍한 공간에 모여서 각자의 무기를 챙기고 공 노파를 중심으로 모여들었다.

"요즘 이 늙은이를 너무 부려먹는단 말이야."

공 노파의 툴툴거림에 제곡이 씨익 미소를 지었다.

"안 그래도 많이 고마워하고 있소. 나는 은혜를 잊지 않는 사람이니 이번 일이 끝나면 크게 보답하리다."

"클클. 그래야지. 암."

"탈출 신호를 받거든 꼭 약속된 장소로 와주시오. 일각이 여삼추 같은 긴박한 상황이 될 수 있소."

"염려 말게."

공 노파가 관자놀이에 손을 대고 중얼거리며 한참을 집중했다. 그러자 공간 간섭의 이능이 펼쳐졌고, 일행은 순식간에 무성하게 나무가 우거진 산속 공터로 이동되었다. 공 노파가 점멸하듯 돌아가자 제순이 먼저 앞장섰다.

"해가 곧 지겠다. 준비된 접선지가 있으니 그곳으로 가자."

제순은 바닥에 지도를 펴고 현재 위치부터 접선지까지 루트를 그렸다.

"우리는 쿄토 서쪽 아라시야마 산(嵐山) 중턱쯤에 와 있다. 이곳과 아타고 산 사이에 호즈쿄 협곡이 나오는데 이 협곡을 따라서 남하하면 치쿠린 숲이라는 대나무 숲이 있다. 사부님은 그 숲의 신사에 감금되어 계시다. 내가 파악한 바론 굉장히 삼엄한 감시망이 숲 전체에 펼쳐 있기 때문에 무심코 접근하다간 곧바로 발각되는 상황이다. 따라서 접선지에서 누군가를 만나 도움을 얻어야 한다."

권산이 되물었다.

"접선지는 어디쯤이고 만나는 사람은 누구입니까?"

"호즈쿄 협곡에 마련된 별장이다. 내가 주민으로 위장해서 신사에 접근할 때 사용한 루트지. 그곳에서 우릴 기다리는 사람이 있어. 오사제가 잘 아는 사람이야. 바로 일본 제일의 검호 사토 켄신이지."

'그 양반이 제순 사형을 돕고 있구나.'

제순이 이광문의 흔적을 쫓아 일본으로 떠날 때 사토 켄신의 연락처를 준 것이 바로 권산 본인이기 때문에 일이 어떻게 된 것인지 짐작하기 어렵지 않았다.

부지런히 걸어 호즈쿄 협곡에 도달해 협곡 면을 따라 남하하자 절묘한 절벽 지세에 위치한 통나무 별장이 하나 보였다. 전기가 안 들어오는지 무언가를 태워서 나는 불빛과 연기가 겉보기에 내비쳤다.

제순이 문을 두드리자 굵은 톤의 부드러운 일본어가 들려왔다.

"햇살이 따가운데 먼 길을 오셨습니다."

제순이 일본어로 화답했다.

"나그네가 햇살에 연연하겠습니까?"

미리 정한 암어가 일치하자 그제야 문이 열리며 허리춤의 도집에 일본도를 집어넣고 있는 청수한 인상의 장년인이 보였다. 나이는 들었지만 상당한 미남으로 큰 체격과 반백의 머리가 몹시 잘 어울렸다. 바로 사토 켄신이었다.

사토 켄신은 제순의 어깨너머로 권산을 보며 껄껄 웃어 보였다.

"하하하, 이게 얼마만인가, 권산! 내 목이 빠지게 자네를 기다렸네. 일본에서 내 칼을 받아내는 놈이 있어야 말이지."

"오랜만입니다, 사토 사범."

나이는 사토 켄신이 두 배는 되었으나 2년이나 부대낀 인연 덕분인지 대화에서 친밀감이 느껴졌다.

"어서들 들어오시게. 보는 눈이 있을지 모르니."

사형제들이 차례로 별장으로 들어가자 사토 켄신은 창문에 커튼을 치고 내부를 밀폐시켰다. 벽난로가 타들어가며 뿜는 주황색 불빛이 실내를 가득 채우고 있었다.

거실 중앙에 널찍한 다다미방에서 모두는 원형으로 둘러앉

왔고, 자연히 일본어가 되는 권산과 제순이 대화의 중심이 되었다. 제순이 사토 켄신을 보며 물었다.

"사토 사범, 내일 계획에는 차질이 없습니까?"

"그래. 틀림없이 전국의 검도가들에게 치쿠린 숲에서 열도 최고수를 놓고 유파대전을 벌이자는 제안을 보냈다. 들려오는 소식에 의하면 난다 긴다 하는 거두들이 거의 도착한 상태라고 한다."

권산은 사토 켄신과 제순의 얼굴을 번갈아 보다가 일본어로 둘에게 물었다.

"내일 무슨 일이 벌어지는 것인지 자세히 설명을 좀 해주십시오. 정황을 모르겠습니다."

"그래."

제순은 고개를 끄덕이고 좌중을 둘러보며 중국어로 말했다.

"치쿠린 숲 중앙의 신사는 한미향이 천경그룹 요원들과 잠복해 있는 곳인데, 사부님은 그곳에 혼수상태에 빠져 계시다. 그동안 일본에서 한미향의 종적을 쫓으며 수집한 정보와 단서를 근거로 나는 놈들이 사부님을 납치한 이유가 그분만이 알고 있는 어떤 기밀을 암천회에서 원하기 때문이라는 것을 알았다. 필시 납지 후 중국의 모처에서 사부님의 존체에 고문과 약물을 동원해 자백하게 하려 했겠지만, 어디 사부님이 그리 약한 분이시더냐. 결국 입을 열게 하는 데 실패했고, 여러 가지 고문의 후유증으로 혼수상태에 빠져 계시다는 게 나의 추측이다. 간악한 암천회 놈들은 의식이 없는 사부님의 머리에서 정보를 빼내기 위해 결국 정신 감응계 이능력자를 동원했지. 그는 일본인으로 음양사 켄이라는 별칭으로 불리는 자다. 이자의 힘을 빌리기 위해 혼수상태에 빠진 사부님을 일본행 비행기에 싣고 이곳까지 날아와 음양사 켄의 본거지인 저 신사에 감금한 것이다. 이미 놈들이 원하는 기밀을 얻었는지 아닌지는 알 수 없지만 사부님이 상세가 지금 실로 심각하다. 그래서 이리 날을 잡아 급습을 하게 된 것이지."

'음양사 켄이라……. 얼마나 대단한 자이길래 암천회가 몸소 요원들을 보내 일본까지 온 것일까. 천경그룹이 가진 권위면 중국으로 불러들일 수도 있었을 텐데.'

사토 켄신은 제순의 발언에서 '음양사 켄'이라는 단어가 몇 번 반복되자 고개를 끄덕이며 첨언했다. 권산의 의문스러운 표정을 읽은 것이다.

"음양사 켄은 일본의 비전투계 중 최강의 이능력자로 알려져 있다. 전투에 쓸 만한 강력한 이능력이 있는 건 아니지만, 그의 정신 감응 능력은 일정 거리 이내에 존재하는 사람의 정신에 침투해 단순하게는 텔레파시 같은 메시지를 전할 수 있고, 심하게는 행동 명령을 내릴 수도 있다고 알려져 있어. 정신이 감응당한 사람은 기억을 읽히고 아군과 적군을 분별하지 못하는 꼭두각시로 전락하게 되지. 그래서 그를 상대할 때는 절대 다수로 접근해서는 안 돼. 아군의 칼에 등을 맞게 될 테니까."

실로 무서운 능력이었다. 권산은 현무 길드에서 만난 적이 있는 안상욱 헌터가 정신 지배라는 이능력이 있음을 기억해 내었다. 그는 지적 능력이 떨어지는 괴수와 동물에 한정해서 마인드컨트롤을 할 수 있었지만, 음양사 켄은 지적 능력이 높은 사람을 대상으로 이능력을 쓰는 게 가능했기 때문에 강력한 능력의 헌터를 자신의 정신 감응 범위에 둔다면 일인군단도 가능할 터였다. 제순이 다시 말을 받았다.

"우선 신사 주변을 경계하는 암천회 요원들의 주의를 돌릴 필요가 있어. 치쿠린 숲을 잔뜩 소란스럽게 만들어 그들이 신사에 붙어 있지 못하도록 하는 거지. 사토 사범께서 유파대전을 명목 삼아 전국의 검객들을 초대했고, 내일 그들이 숲에 모여들 거야. 이 정도면 암천회의 시선을 끌기 충분하겠지. 그 뒤 경계가 느슨해진 신사를 우리 용살문이 급습하고 최단시간 내에 사부님의 신병을 확보한 뒤 철수한다. 그게 내 계획이야."

그런대로 기습의 묘를 살리면 가능성이 높아 보이는 계획이었다. 다만 권산은 음양사 켄의 능력이 염려스러웠다. 잘못하다가는 사형제 간에 칼부림이 있어날 수도 있기 때문이다.

"음양사 켄을 견제하거나 제거해야 하지 않습니까?"

"그 부분은 사토 사범의 조카딸이 돕기로 했다. 오사제도 아는 사람이라던데? 어, 마침 내려오는군."

제순이 바라보는 곳은 통나무 별장의 2층으로 통하는 계단이었다. 검은색 보호복을 입은 장신의 여성이 뚜벅뚜벅 걸어 내려오고 있었다. 그녀는 권산을 보더니 깊게 허리를 숙이며 인사했다.

"오랜만입니다, 권산 헌터님. 미즈하라 하루입니다. 기억하시죠?"

기억이야 여전히 생생했다. 동생인 미즈하라 유키와 함께 접근 금지 구역에서 정보를 모으다가 용각랩터에게 포위된 것을 구해주지 않았던가. 기억 속에 미즈하라 하루는 초음파 성대를 이식받아 엄청난 귀곡성을 지르는 능력이 있었다.

'그래, 그 비명을 듣고도 제정신 유지하며 정신계 이능력을 펼칠 사람은 없다. 바로 이거로군.'

가능성은 충분했다. 미즈하라 하루가 가진 귀곡성으로 음양사 켄을 잠시나마 견제해 준다면 권산이 그를 죽이거나 무력화시키는 건 쉬운 일이었다.

"동생은 안 보이는데 어디 갔어?"

"엇! 모르셨어요? 통일한국의 진성그룹에 가 있어요. 동생의 헬륨 생성 이능력을 그렇게 가치 있게 필요로 하는 곳이 있는 줄은… 진성그룹에서는 권산 헌터님의 소개 덕에 연락했다던데요. 대우가 무척 좋아서 유키는 잠시 이쪽 일을 접고 한국으로 갔어요."

미나가 성층권 기지에 사용할 부유 기체 문제로 고민할 때 유키를 소개해 준 것은 자신이었다. 진성그룹에서 제대로 대우를 받는다니 좋은 일이었다.

9장

쿄토의 혈투II

다음 날.

어스름한 새벽부터 검은 도복을 차려입은 검호들이 하나둘 치쿠린 숲으로 모여들었다. 북진일도류, 천연이심류, 타미야류, 천심류, 시현류 유파의 이름난 고수들이었다. 핵전쟁 후 많은 고류검술의 맥이 끊겼지만 끈질긴 생명력을 가지고 무맥을 이어온 검도가들이었다. 각 유파의 대사범들과 제자들이 모여들자 수백 명의 인원으로 숲 전체가 바글거리는 듯했다. 자연히 신사에는 비상이 걸렸고, 1백 명가량의 암천회 요원들이 뛰쳐나와 사위를 경계하기 시작했다.

"신사의 진입로 쪽에서 시선을 끌지. 뒤쪽으로 접근하게."

진입로 쪽에 사토 켄신이 남고 제곡과 제요, 제순, 등자룡, 권산, 홍련, 미즈하라 하루는 숲을 크게 돌아 신사의 후면으로 우회했다. 사토 켄신은 도복을 입은 채 라이키리 명검을 허리에 차고 진입로를 응시했다. 그곳으로 각 유파의 대표들이 걸어오고 있었다.

사토 켄신은 특히 검은 도복에 구름 문양이 새겨진 중년의 검객을 응시했다. 천심류의 오즈마였다. 천심류 특유의 장검을 허리에 패용하지 못해 등에 걸쳐 메고 있었다. 그는 사토 켄신을 제외한다면 일본 제일검으로도 손색이 없는 실력자로서 검기상인의 경지에 오른 고수였다.

그의 뒤로 북진일도류의 쯔기오, 천연이심류의 기무라, 타미야류의 다케시, 시현류의 오사무가 뒤를 따라왔다. 그 뒤로 수백 명의 제자들이 구름처럼 따라왔다. 오즈마가 사토 켄신의 열 보 앞에 멈추며 외쳤다.

"무슨 바람이 드셨소이까? 신비의 유파인 천상어검류가 이리 타류 유파대전을 제안하시다니요."

사토 켄신이 껄껄 웃으며 손사래를 쳤다.

"나만 잘나서야 쓰나. 우리의 경지를 후배들이 보고 배울 기회를 줘야 하지 않겠나?"

"여전히 뜬소리를 잘하시는구려. 천상어검류나 단맥시키지 않게 조심하시오. 괴수가 돌아다니는 흉흉한 세상 아니오."

"걱정해 줘서 고맙군."

오즈마가 손을 들어 막는 제스처를 취했다.

"어떤 방식으로 할 거요?"

"솔직히 다들 나와 검을 겨루고 싶겠지. 그렇다면 자네들끼리 순서를 정하게. 그 순서에 맞게 대련에 들어가지. 나를 꺾는 검호에게는 내 라이키리 명검을 선물로 주도록 하겠네."

일순 좌중이 술렁거렸다. 라이키리 명검은 일본 검도계에서는 역사에서나 나오는 전설적인 명검으로 통했다. 칼을 쥔 무도인으로서 욕심이 나지 않을 리 없었다.

다섯 명의 대사범이 모여서 의논하더니 타미야류의 다케시가 가장 먼저 나왔다.

"타미야류가 천상어검류에 도전하겠소."

작은 키에 비해 팔이 긴 타케시는 눈매가 날카롭고 안광이 번뜩이는 게 과연 소문대로 민첩해 보이는 인상이었다. 그의 순발력과 검속은 속도계 이능력자에 못지않다는 게 검도계의 중론이었다.

사토 켄신은 라이키리를 뽑아 중단을 겨누고 타케시를 노려보았다. 그의 장기는 이미 알고 있었다. 타미야류는 번개와 같은 발도술이 일품인 유파이기 때문이다.

"끼요옷!"

타케시는 몸을 땅에 붙이듯 납죽 숙인 채 미끄러지듯 접근하며 발검했다. 한 줄기 은빛 호선이 검집을 긁으며 빛살처럼 쏘아져 사토 켄신의 목줄기를 베어냈다.

츠팟!

하지만 타케시가 벤 것은 사토 켄신의 잔영이었다. 사토 켄신은 아무런 사전 동작 없이 반보 뒤로 물러선 채였고, 발도술이 실패한 타케시에게 연거푸 검격을 뿌려대었다.

채채챙!

이미 하체의 중심이 흔들린 타케시는 30여 합을 받아내다가 마침내 허물어지며 패배를 선언했다.

"졌소!"

타미야류의 제자들이 일제히 무릎을 꿇으며 유파의 패배를 인정했다.

"자, 다음은 누구지?"

"납니다, 사토 사범."

나선 것은 시현류의 오사무였다. 사토 켄신보다 머리 하나는 큰 장신에 온몸이 흉기와 같이 달련된 오사무는 격렬한 참격이 일품인 시현류에 제격인 검객이었다.

오사무가 두꺼운 검폭을 꺼내 상단의 자세를 취하자 사토 켄신은 검을 비스듬히 들어 목을 겨누었다.

'이 정도면 권산 일행이 신사 뒤편으로 충분히 돌아갔겠지.

그럼 시작해 볼까.'

사토 켄신은 측면으로 보법을 밟으며 점차 이동하기 시작했다.

"시현류가 다리 단련을 얼마나 했는지 볼까?"

좁은 보폭이었지만 어찌나 빠른지 사토 켄신의 신형이 빙판을 미끄러지듯 숲속으로 사라졌다.

"비겁하게 도망치는 거요?"

아사무는 곰처럼 화를 내며 사토 켄신을 쫓았고, 나머지 대사범과 제자들이 구름처럼 그 뒤를 쫓았다. 치쿠린 숲 일대에 소란이 일어났고, 신사의 암천회 요원들은 자연히 이 일본의 천둥벌거숭이 같은 무사들 쪽으로 요원들을 내보내 경계하게 되었다. 당연한 일이지만 권산 사형제들이 접근한 반대편이었다.

"좋아, 경계가 줄었다. 돌입한다."

제곡의 신호에 맞춰 일행이 일제히 담을 넘었다. 제순이 미리 보아놓은 전각을 향해 손짓했다. 직선거리로 50미터가량 앞에 위치한 대형 건물이었다. 가장 신법이 뛰어난 권산이 앞서 나가며 은밀하게 권법을 전개해 다섯 명의 요원을 절명시켰고, 마침내 전각의 앞까지 도달했다.

제순이 음성을 내리깔며 말했다.

"이 안에 뭐가 있을지 모른다. 음양사 켄 외에 어떤 이능력자가 있을지 모르니 조심하자. 들어가면 엄폐물이 없어서 바로 노출되니 최단시간에 사부님이 계신 3층까지 돌파하고, 하루 양은 음양사 켄이 나타나면 바로 음파 공격 부탁드리오."

"염려 마세요."

넓은 복도의 코너를 돌자 일단의 수십 명의 남자 무리가 나타났다. 사지 중 어디 하나는 금속질의 로봇 의수, 의족을 달고 있는 괴이한 집단이었는데 일행이 나타나자 기합을 내지르며 육탄으로 달려들었다.

"사이보그 신체로 개조된 군인 헌터들이에요. 괴력을 조심하세요."

하루가 경고하자 제곡이 우렁차게 외쳤다.

"육망연환진을 펼쳐라! 오사제가 천의 방위를 맡아라!"

권산은 전면에 서서 중검을 뽑았다.

'진법은 오랜만인걸.'

어릴 때 호흡을 맞춰본 이후로 처음이지만, 육망연환진은 비교적 쉬운 진법인지라 사형제들은 쉽게 방위를 잡았다. 근접 전투 능력이 약한 하루를 진법의 중앙에 두고 사형제들은 각자 자신 있는 무기를 뽑았다. 각자 정해진 자신의 영역만 지키면 어떤 무기든 사용할 수 있는 것이 육망연환진의 특징이다.

"개진."

그 순간 사이보그 군인들이 격렬한 몸짓으로 주먹을 뻗어왔다. 동시에 권산과 제곡, 제요의 검이 전면을 베었다.

까가강!

거침 금속성이 터지며 사이보그들의 돌진이 일순 멈췄다. 금속 팔이 절단되진 않았으나 검에 담긴 역도에 외장갑이 박살 난 것이다.

"칙쇼! 계속 몰아쳐."

사이보그들은 전면과 측면으로 몰아쳐 왔고, 사형제들은 각자의 공간에서 초식을 펼치며 적을 상대했다. 복도 같은 폐쇄된 공간에서 서로 등을 보호하고 있기 때문에 사이보그들은 전면에서 힘으로 밀고 들어올 뿐 뚜렷하게 전술을 펼치지 못했다. 하지만 사형제들 역시 사이보그의 몸을 보호하는 두꺼운 외장갑을 뚫지 못하고 곤욕을 치르기는 마찬가지였다.

"진짜 힘이 엄청난데요. 온몸이 저릿저릿해요."

청룡도를 부서져라 휘두르는 홍련이 손바닥의 진동을 털어내며 외쳤다.

한 자루 철창으로 창술을 전개하던 등자룡도 이에 공감하는지 창 자루를 번갈아 잡으며 고통을 털어냈다.

"그건 적들도 마찬가지야. 천방추돌."

권산은 제곡의 명령에 맞춰 진법에서 이탈하며 좌수로는 권장을 전개해 사이보그를 강타하고, 우수로는 검법으로 세 명의 가슴을 베어냈다. 한순간에 터져 나온 맹렬한 검격에 놈들의 외장갑 흉부가 쩍 벌어지며 피를 내뿜었다.

'사이보그 개조를 받아봐야 얼마나 강해질까 싶었는데 실로 놀라운 힘과 내구성이군.'

권산은 내공을 아끼기 위해 검기를 순간적으로 운용하고 있었는데, 그것만으로는 사이보그의 금속 외피를 완전히 절단하지 못함을 깨달았다. 인공 신체를 만드는 데 쓰인 금속이 무엇인지는 몰라도 경도가 대단했다.

'검은 비효율적이다.'

권산은 자신이 벌린 공간으로 재빠르게 진을 완성해 오는 등 뒤의 사형제들을 느끼며 중검을 검집에 집어넣었다. 그 틈에 상체를 노리는 사이보그의 킥을 사선으로 몸을 비틀어 회피하고는 양 손바닥으로 장법을 전개해 놈의 가슴을 격타했다.

'쇄심쌍장.'

양 손바닥에서 황금색 광채가 터지며 십여 명의 사이보그를 우수수 밀어 넘어뜨렸다.

"으아악!"

"크아아아!"

"수, 숨이 안 쉬어져."

내가중수법의 파도와 같은 경력이 좁은 공간에 밀집한 사이보그들의 몸을 매개체로 연속으로 전파되면서 심장을 타격한 것이다.

쇄심쌍장은 뇌격과 같이 순간적으로 강한 기공을 적에게 주입하는 기술인데 적의 몸에 자연 발생 하는 생체 전류에 강력하게 간섭을 일으키기 때문에 작게는 근육을 마비시키고, 심하게는 심장 박동을 정지시키기도 하는 효과가 있었다. 권산의 일장에 포위가 무너지자 사형제들은 승기를 잡고 적들을 몰아쳤다. 쇄심쌍장에 영향을 받지 않은 측면의 사이보그들은 사형제들의 연수합격에 외장갑의 보호가 약한 급소를 찔려 절명하고 말았다.

"파진! 회복할 시간을 주지 마라!"

제곡의 외침에 진이 해체되며 각 사형제들은 쇄심쌍장의 영향으로 심박 리듬이 엉망으로 흐트러져 헉헉거리고 있는 사이보그들을 완전히 정리했다.

"후, 일본의 사이보그 테크놀러지가 대단하다는 말은 들었지만, 육체 강화 계열 이능력자들 못지않군. 내공 안배에 유의하라, 사제들."

사형제들은 계단을 따라 2층으로 올라갔고, 이윽고 나타난 넓은 법당에는 전신을 검은색 휘장으로 감싼 두 명의 인영이 보이고 그 뒤로 익숙한 얼굴의 여자가 서 있었다.

"너는 한미향!"

"오랜만이군요, 용살문 식구들."

격분한 제요가 한 발짝 나서며 이를 갈 듯 거친 어조로 쏘아붙였다.

"이런 천인공노할 만행을 저지르고도 네가 무사할 줄 아느냐, 이 암천회의 주구 년!"

"모두 각자의 입장이란 게 있는 거랍니다, 이제자님."

제요가 얼굴을 붉히고 씩씩거리며 뭔가 더 말하려 했지만 제곡이 한 손으로 제요의 어깨를 잡으며 만류했다.

"이사제, 진정해. 지금 한미향은 시간을 끌고 있어. 그녀가 지금 우리 앞에 나타날 필요는 전혀 없다. 아무래도 지금 3층에서 무슨 일이 벌어지고 있는 모양이군."

"역시 일제자님은 뭐가 달라도 다르군요. 어디 한번 뚫고 올라와 보세요. 사마가에게 비싼 값을 치르고 넘겨받은 이모탈이 드디어 제 밥값을 하겠군요. 수없이 살겁을 자행했지만 그 무위가 극마지경에 달해 어울리지 않게 천수를 누린 개세의 마두들이라고 하더군요. 고루마존과 혈마귀를 소개하지요. 자, 이모탈들이여, 적들을 공격하세요!"

한미향이 3층으로 연결된 통로로 사라지자 이모탈들이 본격적으로 움직이기 시작했다. 권산이 앞으로 나서 제곡 쪽을 보며 말했다.

"사형들, 일전에 말씀들인 사령강시대법으로 살아난 전대의 고수들입니다. 제가 고루마존을 맡겠습니다. 전에도 이모탈을 상대해 본 경험이 있으니까요. 놈들은 관절이 굳어서 초식을 펼칠 때 완전하지 못한 약점이 있습니다. 이를 노려야 합니다."

권산이 양팔이 유난히 길고 손끝이 갈고리 모양으로 휘어진 흑의인 앞에 서서 용살권법의 기수식을 취했다. 그러자 자연히 혈마귀는 다른 사형제들의 몫이 되었는데 제곡은 조금의 망설임도 없이 다른 사형제들과 혈마귀를 합공하는 것을 택했다.

"건곤오행진으로 합격한다."

제곡의 선택은 명료했다. 한미향의 말대로 정말 이 이모탈들이 극마지경의 고수라면 사실상 권산을 빼고는 승산이 없었다. 그러므로 권산이 고루마존을 상대하는 동안 혈마귀를 붙잡아두는 쪽으로 전력을 기울이겠다는 전략이다.

"하압!"

권산은 고루마존을 향해 중검을 뽑아 빛살처럼 검초를 전개했다. 두 눈이 썩어버려 휘장으로 눈을 가린 고루마존이었지만, 감각은 살아 있는지 보법을 밟으며 검로를 회피해 반격에 들어왔다.

뻗어 오는 고루마존의 손에 운무와 같은 붉은 기운이 넘실

대었다. 독문무술인 고루마강이다. 단단한 청강석도 두부처럼 으깨는 위력이니 저 손에 붙잡힌다면 이미 승부는 끝난 것과 진배없었다.

권산은 경시하지 못하고 중검에 검강을 일으켜 고루마강을 튕겨내었지만, 고루마존은 몸을 팽이처럼 회전하며 팔방풍우의 초식으로 팔을 휘돌려 왔다. 권산은 맹렬하게 검을 휘돌려 검강을 뿌려대며 고루마강을 견제할 수밖에 없었다.

'이자는 확실히 극마의 고수다.'

고루마존은 의도적으로 검신을 손으로 잡으려 했고, 권산은 용살검의 전개와 회수를 반 박자 빠르게 시전하며 드러난 이모탈의 요혈에 거푸 검식을 전개했다.

고루마존은 믿을 수 없는 관절의 움직임으로 팔과 몸통의 움직임을 통해 용살검을 회피해 내었고, 동시에 몸을 허공에 띄우며 두 팔로 권산의 정수리를 찍어왔다.

허공에 핏빛 갈고리 형상의 강기 두 개가 생겨났고, 권산은 상단세를 취하며 방어했다.

쾅!!

강기끼리 충돌하는 폭음이 법당을 쩌렁쩌렁 울렸다. 강기가 소멸되는 순간, 권산은 왼쪽 팔꿈치와 무릎으로 고루마존의 거리 안쪽에서 명치와 턱을 갈기고 뒤로 빠지며 검을 수직으로 내리그었다.

"초살참!"

번쩍하는 푸른 섬광과 함께 시린 듯한 초승달이 고루마존을 향해 날아갔고, 그의 호신강기를 부수며 신형을 날려 버렸다.

우드득!

고루마존이 초살참의 검강참격을 몸으로 버텨냈으나 미라화된 신체는 더 이상 그 압력을 이기지 못하고 양 무릎의 뼈가 부서져 털썩 주저앉았다.

권산은 동시에 기척 없이 등 뒤로 접근한 한 가닥의 예기가 허벅지를 쓸고 지나가는 것을 느꼈다. 살기를 띠지 않은 암경이었기에 호신강기도 발동되지 않았고, 갑옷을 뚫고 피부에 파고든 뒤에야 부랴부랴 끌어 올린 경기공으로 허벅지 근육이 끊어지는 것을 막을 수 있었다.

'무흔회선강인가?'

역시 극마는 극마였다. 바짝 썩어버린 몸뚱이로 이토록 권산을 곤욕스럽게 만든 것을 보면 이모탈과의 전투는 최후의 순간까지 방심해서는 안 되는 일이었다.

허벅지를 내공 점혈 하여 출혈을 막은 권산은 쓰러진 고루마존의 목을 잘라 숨통을 끊고 혈마귀 쪽을 바라보았다. 혈마귀는 사형제들의 건곤오행진으로 말미암아 점점 움직임의 제약이 심해져 제압당하기 일보 직전까지 몰려 있었다. 그는 바람처럼 빠르고 칼날처럼 날카로운 체술을 근간으로 한 고수로 보였으나 고루마존처럼 극마라 할 만한 경지는 아니었다.

쾅! 으득!

마침내 제곡의 주먹이 혈마귀이 머리를 부수자 혈마귀는 움직임을 우뚝 멈추었다. 그래도 전성기에 쌓은 악명에 걸맞은 실력을 가진 고수였기에 제곡과 제요, 제순은 그를 상대하느라 내공의 5할을 소진하고야 말았다.

“힘든 상대였다. 3층으로 올라가자.”

권산은 계단을 올라가기 전에 제곡에게 말했다.

“지금까지 음양사 켄이 나타나지 않은 것은 아마도 그는 중간에 중단할 수 없는 어떤 일에 몰입한 상태이기 때문일 겁니다. 그게 아니라면 우리가 이모탈과 싸우는 동안 우리에게 정신 감응 능력을 발휘할 수 있었을 테니까요. 저와 하루가 먼저 올라가서 음양사 켄을 제압할 테니 하루의 귀곡성이 들리거든 올라와 주십시오.”

“알겠다. 조심하거라.”

권산은 최대한 발걸음을 죽이고 계단을 올라갔다. 3층에는 어떤 적이 기다리고 있을지 몰랐으나 그 적을 제압하느라 음양사 켄에게 시간을 줘선 곤란했다. 무조건 속공으로 음양사 켄부터 제거할 작정이다.

마음속으로 셋을 센 권산은 3층으로 뛰어 올라왔고, 동시에 벽력탄강기를 전개했다. 자신이 아는 최고의 방어 기술로 예상치 못한 원거리 공격이나 정신 감응에 대한 대비책으로 펼친 것이다.

그러자 푸른색 연무가 갑옷을 감싸며 올라와 광휘를 내며 번쩍였다. 권산의 주위로 구체가 형성되자마자 누군가의 손에서 발사된 소총의 총탄이 그대로 날아들었다.

타타탕!

총탄은 벽력탄강기의 외막을 뚫고 들어왔지만 서서히 속도가 느려져 종국에는 갑옷을 뚫지 못하고 전부 땅에 우수수 떨어졌다. 권산은 소총을 갈긴 한미향에게 비검의 수법으로 중검을 날리고 곧바로 병실로 보이는 문을 박차고 들어갔다.

그 순간 권산의 뇌리에 환한 빛이 퍼지듯 아늑하고 편안한 느낌과 함께 멍한 기분이 들며 온몸에 무기력이 엄습했다.

—경고! 경고! 주인의 자율신경계에 이상 발견. 척수신경 말단 쪽에서 마비를 일으키는 이상 전류가 감지되는 상황이므로 이데아 독자 판단으로 신경 자극 시행합니다.

귀 뒤에 붙인 WC에서 전기 자극이 발생하며 두개골을 타고 척수신경까지 전기가 흐르는 찌릿한 느낌이 울려 퍼졌다. 권산은 무기력한 마음이 말끔히 씻겨 나가는 것을 느끼며 병실 안에 서 있던 붉은 머리의 음양사 켄을 쏘아보았다. 본능적으로 정신 감응에 말려들 뻔한 것을 깨달은 것이다.

혹시나 하고 펼친 벽력탄강기의 보호막은 정신 계열 공격에는 속수무책이었다. 오히려 생각지도 못한 이데아의 인공지능 덕에 위기에서 벗어난 것이니 운이 좋다고 할 만했다. 새로운 효용을 깨닫는 순간이었다.

"어, 어떻게 내 정신 감응을 깨고 나왔지?"

"나도 몰라."

뭔가 이데아가 수를 쓴 거 같은데 권산도 정확히 무슨 일이 벌어진 건지 알 수 없었다. 음양사 켄이 다시금 정신 감응을 시도하려 하자 그때 병실에 돌입한 하루가 귀곡성을 내질렀다.

"꺄아아아!"

음양사 켄은 수백 데시벨까지 치솟은 음파를 견디지 못하고 양쪽 귀를 틀어막고 이능력 시전에 실패했다. 권산은 놓치지 않고 그의 마혈을 짚어 제압하고 정수리에 손을 얹은 채 물었다. 허튼 수작을 하면 바로 두개골을 으깨 버릴 참이다.

"병실 침대에 누워 있는 사람에게 무슨 짓을 한 거지?"

"나… 난 그저 보수를 받고 일을 해준 것에 불과해. 저 밖에 있는 여자가 이 사람 머릿속에서 고대의 무술이 숨겨져 있는 장소를 찾아달라고 해서 그걸 알아내려 했을 뿐이야."

권산의 머리에 스치는 기억이 있었다. 바로 용살비동이다. 선대 조사들부터 타 문파의 무술까지 기록돼 있는 용살문 제일의 기밀이다.

'역대 계승자에게만 전승되는 비전인데 어떻게 암천회가 알게 된 거지?'

권산은 아무렇지도 않은 얼굴로 재차 물었다.

"알아냈나? 저 밖에 여자에게 말을 했어?"

"크크크, 알아내기는 했다. 축축하고 어두운 동굴의 잔상을 느꼈지. 하지만 위치까지는 모른다. 그것만은 이 노인의 정신 장벽을 뚫지 못했어. 더구나 내가 정보를 알아낸 건 네가 방에 들어오기 직전이었다. 의뢰인 여자에게 말할 시간 따위는 없었다. 이제 사실대로 말했으니 나를 풀어줘. 그 누구에게도 발설하지 않겠다고 약속하겠다."

"운이 나빴다고 생각해라."

"어… 어!!"

권산은 손에 내공을 집중해 음양사 켄의 머리를 그대로 내려쳤다. 이자는 시키는 대로 했다고 하지만 스승에게 그 긴 시간 동안 정신 감응으로 고통을 준 장본인이다. 더구나 비전의 정보를 조금이라도 알아냈으니 살려두기엔 리스크가 너무 컸다. 권산이 이 방에 들어오기 직전까지 이광문에게 정신 감응을 하고 있었으니 이자의 말이 사실일 확률이 높았다.

'다행이군. 아직 암천회에 새어 나가지 않아서.'

그때 사형제들이 병실로 뛰어 들어오고 있었다. 제곡의 어깨너머로 권산의 검에 심장이 관통해 벽에 걸린 한미향의 시신이 얼핏 보였다. 다른 이는 몰라도 그녀는 제압해 가서 알아낼 정보가 많았는데 일이 아쉽게 되었다.

제곡이 병상에 누운 이광문을 들쳐 업자 제요가 침대보를 이용해 등에 이광문을 꽁꽁 동여매었다. 한눈에 보아도 뼈마디가 앙상할 만큼 수척해진 모습이다. 그 단련된 육체는 어디로 가고 피골이 상접한 노인만이 남아 있으니 사형제들의 가슴에 한없는 피눈물이 흘러내렸다.

특히 직접 이광문을 업은 제곡은 너무도 가벼운 사부의 몸을 느끼며 입술을 질끈 깨물고 슬픔을 삼켰다.

"자, 다들 정신 차려. 이제 탈출한다."

*　　　　*　　　　*

"져, 졌소."

천심류의 오즈마가 부러진 장검을 땅에 꽂고 패배를 선언했다. 유파대전의 마지막 차례로 사토 켄신에게 도전한 그였지만, 수십 그루의 고목을 검기로 쓰러뜨렸을 뿐 사토 켄신에게 제대로 된 일격을 먹이는 데 실패한 것이다.

오히려 천상어검류의 일도비천 기술에 무사의 분신과 같은 애검이 잘려 나가기까지 했으니 두말할 필요도 없는 패배였다.

'아, 십 년 고련이 이렇게 무너지다니.'

"실력이 많이 늘었군, 오즈마. 그래도 다른 사범들하고 다르게 내게 그럴듯한 검식을 몇 번 먹였잖아. 그게 어딘가."

사토 켄신이 격려 아닌 격려를 하고 있는데 신사 쪽 방향이 소란스러워지며 일단의 무리가 맹렬한 기세로 접근해 오기 시작했다. 선두에 선 것은 철창을 비켜 든 등자룡이었고, 나머지 사형제들이 중앙의 이광문을 보호하는 위치를 잡고 미친 듯이 달려오고 있었다. 그 뒤로 암천회의 요원 백 명이 넘게 따라붙고 있었다. 어떤 요원들은 권총을 소지하고 있는지 총탄을 쏘아댔는데 가장 후미에서 푸른 기운을 뿜어내는 권산에게 막혀 효과를 못 보고 있었다.

'성공했군, 권산.'

"저, 저 미친놈들이 총질을 한다."

"신성한 유파대전을."

각 유파의 제자들이 갑작스러운 사태에 우왕좌왕하기 시작했고, 어떤 이들은 칼을 빼내기는 했으나 누구를 겨눠야 하는지 갈피를 못 잡고 있었다. 사토 켄신이 좌중을 향해 우렁차게 외쳤다.

"저기 선두의 사람들은 내 유파의 친우들이다! 난 친우들이 총탄에 맞아 죽는 것을 볼 생각이 없으니 비겁자는 도망가고 용기 있는 자만 적들을 쳐라!"

운집한 수백 명의 제자들이 각자의 유파 대사범들을 쳐다보았다. 어떻게 행동해야 할지 묻는 것이다. 그 잠깐 사이 요원들이 쏘아댄 권총의 유탄이 몇몇 제자의 몸에 적중했고, 제자들이 피를 흘리며 쓰러지자 이미 사태는 걷잡을 수 없이 전개되고 말았다.

"공격해라!"

"총을 쏜 놈이 누구야?"

몇몇 제자가 혈기를 못 참고 뛰쳐나가자 좌중은 통제 불가의 상황이 돼버렸다. 그러자 달려드는 암천회 요원들을 향해 수백 명의 검도가들이 역쇄도하는 상황이 벌어졌다. 오즈마가 제자에게 검을 넘겨받고 사토 켄신에게 으르렁댔다.

"작정하고 우릴 끌어들인 모양인데, 해명을 해야 할 거요, 사토 사범."

오즈마는 전력으로 보법을 밟으며 가장 앞장서서 장검을 휘둘렀다. 그의 검에 걸린 요원들이 뭉텅이로 썰려 나갔다. 그사이 용살문도들은 사토 켄신을 스쳐 지나가며 어딘가로 사라졌다.

권산은 사토 켄신에게 짧은 눈인사만 건네고 장내의 상황을 잠깐 지켜보다가 일행의 후미를 쫓아갔다.

"그래, 여기는 내가 수습하지, 권산. 언제고 함께 검을 겨뤄

보자. 그때를 기약하지."

치쿠린 숲을 벗어나 호즈쿄 협곡을 벗어난 일행은 한 공터에서 잠시 대기했다. 사전에 공 노파와 조율한 탈출 좌표였다. 이광문을 업은 제곡이 허리를 숙인 채 모두를 돌아보며 말했다.

"이미 공 노파에게 탈출 신호를 보냈다. 곧 도착할 거야."

30초가 흘렀을 때 번쩍하는 섬광과 함께 공 노파가 나타났다. 모두는 서로의 팔을 맞잡고 공 노파를 중심으로 모여들었고, 잠시 뒤 점멸하는 빛과 함께 감쪽같이 사라졌다.

이내 그곳엔 휑한 바람만이 텅 빈 공간을 채우고 있었다.

10장

화성으로 I

"방화벽 스탠바이. 천천히 진입시킨다. 양자 불꽃의 확산도는 초 단위로 체크해."

무찰린다를 사냥한 거대 공동은 하나의 연구소로 변모해 있었다. 과연 진성그룹의 추진력은 대단하여 그 짧은 시간 안에 동굴 전체에 조명과 공조 설비까지 완벽하게 구축하고 양자 터널을 연구할 수 있는 장비와 시설까지 구축한 상태였다.

연구소의 중심에서 활활 타오르는 양자 터널을 두 명의 인물이 중앙통제실에서 내려다보고 있었다. 바로 김요한과 권산이었다.

"자네 덕에 팔자에도 없는 양자연구소 소장이 됐군."

"아주 잘 어울려 보이는데요."

"이것 참, 하하! 어찌 되었든 학자로서 요즘은 아주 신바람 나는 일투성이란 말이야. 그동안 자네는 연구가 얼마나 진척됐는지 모를 테니 내가 요약 자료를 보여줌세."

김요한이 통제실 한쪽의 스크린에 영상 자료를 띄우며 설명했다.

"저기 아래 실물이 보이는 것처럼 양자 불꽃에 닿지 않고 터널에 진입하기 위해서 방화벽이라 명명한 원통형 복도를 만들었네. 소재는 이곳에 살던 무찰린다의 뼈와 가죽이야. 정확한 이유는 모르겠지만 현재까지 파악된 유일한 반양자화 물질이네. 다른 소재는 저 불꽃에 닿으면 양자 분해가 돼버리는데 저것만 이상하게 반응이 없으니 말이야. 저 방화벽의 총 길이는 20미터, 직경은 3미터인데 지구 쪽에서 10미터가량을 밀어 넣게 되어 있지. 즉 화성 쪽으로 10미터 돌출되는 거야. 그쪽도 양자 불꽃이 있을 테니 이를 방어해 주는 거지. 이 방화벽 실험을 통해 이미 몇 가지 실험체를 화성으로 보내보았네."

스크린에는 종이 다른 몇 종류의 동식물과 무인 탐사 차량, 공중 촬영용 드론 등이 떠 있었다.

"일단 결론 부터 말하자면 화성은 대기 성분이나 대기압, 중력 등이 지구와 완벽하게 같지는 않아. 하지만 매우 유사하네.

화성에 진입시킨 동식물은 아직까지 100% 생존 중이고, 무인 탐사 차와 드론이 수집한 자료로 양자 터널 반경 1,000미터까지 지도를 제작한 상태야."

스크린에 컬러로 된 지형도가 띄워졌다. 붉은 암석으로 된 산악 지대로 보였는데 분지와 같이 사방이 폐쇄된 지형 한가운데에 양자 터널이 허공에 떠 있는 모습이었다.

권산은 공중에서 천천히 산악 지대의 정상으로 올라가는 영상을 보다가 화성의 토착 식물로 보이는 나무들이 나오자 감탄을 금치 못했다.

"색상은 녹색보다는 붉은 톤이 많지만, 지구의 나무와 그렇게 다르지 않군요."

"그렇다네. 화성의 식생은 나에게는 그다지 관심 사항이 아니지만 그쪽 분야의 학자들에게는 정말 연구할 만한 가치가 있겠지."

권산은 스크린을 넘기며 자료 화면을 보더니 차분한 어조로 말을 이었다.

"저는 조만간 탐사대를 이끌고 화성으로 떠날 계획입니다. 탐사의 기본은 지도라 할 수 있는데 저 터널 너머의 장소가 화성 좌표 상으로 어느 위치인지 아십니까?"

김요한은 고개를 저었다.

"그건 아직이네. 쉽고도 빠른 수단은 있었네만 일부러 하지 않았어. 행성 간 전파 송출기를 터널을 통해 화성으로 보낸 뒤 지구로 전파를 몇 차례 송출하고 이곳에서 전파 망원경으로 수신하는 방법이지. 지구와 화성의 공전궤도를 계산해서 삼각측량을 하면 종이와 펜만 있어도 좌표 파악은 가능하네. 하지만 문득 이런 걱정이 들더군. 내가 전파망원경으로 화성 신호를 잡아내어 양자 터널을 발견한 것처럼 누군가 또 같은 방식으로 이곳 양자연구소의 위치와 우리의 움직임을 알아챌 수 있다는 사실 말이야."

권산이 턱을 쓰다듬으며 응수했다.

"그렇군요. 잘 판단하셨습니다."

"그래서 이곳 동굴에 연구소를 건축할 때 전파를 막는 차폐막을 전부 쳤지. 화성에서 다시금 신호를 보내더라도 양자 터널을 통해 지구에서 감지할 수는 없을 걸세."

이는 권산도 생각하지 못한 부분이다. 역시 믿을 수 있는 전문가들과 힘을 합쳐야 함을 새삼 깨닫게 되는 순간이었다.

"자네가 당장에라도 화성으로 넘어가는 것은 기술적으로 아무 문제가 없지만 조금만 더 기다려 주게. 지금 화성 궤도에 NASA에서 100년도 더 전에 보낸 탐사위성 십여 개가 돌고 있어. 지금은 자세 제어도 안 되고 있을 게 뻔하지만 가동이 가능한 호기를 찾아내 해킹할 참이야. 그러면 양자 터널의 화성 위치는 물론 화성의 세력 판도를 알아낼 수 있겠지."

좋은 구상이었다. 무작정 탐사하기보다는 지도와 이동 경로, 그리고 전진기지를 구축할 위치까지 사전에 정하고 출발하는 것이 유리할 듯했다.

"아 참, 자네 비서인 민지혜 씨에게서 연락이 온 적이 있네. 슈퍼컴퓨터를 이곳으로 옮긴다지? 자리를 다 봐두었네. 뭐 하는 슈퍼컴퓨터인지 이야기를 나누다가 그녀가 수준급의 프로그래머라는 것을 알았고, NASA 위성 해킹 건에 그녀의 도움을 받기로 했다네."

"능력 있는 사람이니 필요하시면 종종 연락하십시오."

"그러겠네."

권산은 연구소 한쪽에 마련된 철문을 통해 호리곡으로 건너갔다. 과거 어둡던 통로는 전등이 설치되어 어렵지 않게 호리곡에 도착할 수 있었다. 호리곡의 병원 시설에서 치유 중인 스승을 뵐 참이다.

병원은 사령부 옆의 흰색 건물이다. 사형제들이 모두 의식 없이 침상에 누워 있는 이광문을 걱정스러운 눈길로 내려다보고 있었다.

막 용천혈과 기해혈을 통해 내기를 주입해 기공 치유를 시도하던 등자룡이 손을 떼며 말했다.

"참으로 이상한 일입니다. 사부님은 겉으로는 중태로 보이지만 실상 내상을 입은 것도 없고 기의 순환도 자유롭습니다.

그런데 왜 이렇게 의식을 차리지 못 하시는 건지. 역시 한미향의 약물 아니면 그 음양사 켄이라는 놈의 정신 감응 후유증일까요?"

제곡이 굳은 표정으로 답했다.

"지금으로선 모두가 죽어버렸으니 알 수가 없게 되었다. 현대 의학의 장비를 최대한 동원해서라도 사부님을 완벽하게 치유해 내겠어. 한 가지 희망적인 것은 사부님의 기식이 귀식대법의 그것처럼 완만하고 느리지만 분명 자가 호흡에는 문제가 없다는 것이다. 사부님은 무의식의 세계에서나마 우리의 말을 듣고 계실지도 모르겠다."

사형제들은 병원을 나서서 사령부로 장소를 옮겼다. 제곡은 모두가 둘러앉자 수하를 불러 몇 가지를 확인한 뒤 '휴' 하고 안도의 한숨을 내쉬었다.

"호리곡의 자금 사정이 여의치 않았는데 한국 정부에게 탈취한 라독 5톤을 전량 중국의 암시장에 매각하는 데 성공했다고 하는군. 20조 원이라는 천문학적인 자금을 벌었으니 이 돈으로 호리곡을 완전히 뜯어고칠 수 있겠다. 가장 먼저 지구상에서 가장 완벽한 병원과 의료진을 호리곡 안에 만들겠다. 사부님의 쾌유를 위해서 말이야."

권산은 라독이 매각되었음을 듣고는 내심 안도했다. 당장 몇 주 뒤에 한국에서 인공 해독제가 시판되고 그다음 수순으로 제품이 타국에 수출되면 전 세계의 라독은 그야말로 똥값이 되고 만다.

안 그래도 말을 했어야 하는 부분인데 탈취한 라독을 일찍 매각했다니 다행스러웠다.

제요가 고개를 끄덕이며 좌중을 돌아보았다.

"대사형, 이제 사제들에게도 우리 용살문이 호리곡을 기반으로 어떻게 세를 불려 나갈지 의논하는 게 어떻겠습니까? 사부님은 무사히 돌아오셨지만, 암천회를 무너뜨리지 못하면 언제고 같은 일을 당할 수 있지 않겠습니까?"

"그래, 좋은 판단이다. 특히 오사제는 잘 듣고 의견을 내주길 바란다. 용살문의 다음 대를 오사제가 전승해야 하는 만큼 누구보다 네 뜻이 중요하니까."

권산이 자리에서 일어나 포권을 했다.

"말씀하십시오, 대사형."

"이번에 오사제의 계책에 힘입어 통일한국에서 라독을 강탈한 뒤 제요, 제순과 함께 이 라독을 어떻게 처리할 것인지 고민했지. 결론은 라독을 매각한 뒤 그 자금으로 호리곡을 우리 용살문의 진정한 근거지로 만들자는 거였다. 땅을 더 파내려가 호리곡의 면적을 확장하고, 능력 있는 인재들을 받아 인구를 늘려 지하 도시를 만드는 것이지. 황해 해적의 골수 인간쓰레기들은 가급적 밖으로 내돌리고, 정신 멀쩡한 수백 형제들에게는 용살문의 무술과 정신을 수련시켜 암천회를 쓸어 버리는 것이다."

20조 원의 자금이면 호리곡을 거대한 지하 도시로 리모델링하는 것도 불가능한 일은 아닐 터였다. 그러나 문제는 그런 외형적인 변화가 아니었다.

"호리곡은 본토에서 너무 멀리 떨어져 있어 인구 유입이 용이하지 못합니다. 또 당장 인재라고 할 만한 능력 있는 자들은 우리 편이 쉽게 돼주지도 않거니와 암천회의 간세로 잠입할 가능성도 농후합니다. 그래서 제 생각으로는 재능은 충분히 갖추었으되 현재로서는 빛을 못 보는 저등급 이능력자 위주로 받아들여 직접 키워 나가는 방안이 좋을 것 같습니다. 사문의 무술을 가르치는 부분은 아무래도 스승님께 재가를 받아야겠지만 저는 찬성이고요."

제순이 권산에게 되물었다.

"저등급 이능력자를 받아들여서 키운다. 아주 흥미로운 생각이다, 오사제. 그럼 그들을 교육시킬 수 있는 어떤 기관이 필요할 것 같은데?"

"그렇습니다. 과거 제임스라는 영국인 헌터에게 들으니 유럽에서는 이능력자를 헌터로 양성하는 아카데미가 몇 군데 있다고 하디군요. 1~2년 정도로 짧은 기간 교육을 받는데 이 과정을 거친 헌터와 아닌 헌터는 전투력과 이능력 활용 면에서 많은 차이가 있다는 이야기를 들은 적이 있습니다. 동북아시아의 헌터들은 자신의 이능력을 선천적인 재능에 의존해서 주먹구구식으로 습득하는 데 반해 유럽 쪽은 체계를 가지고 있으니 이쪽이 더 우월하다고 보입니다. 호리곡에 아카데미를 세우고 이능력자들을 수련시켜 용살문의 문도로 받아들인다면 암천회를 무너뜨릴 세력을 일궈낼 수 있을 것입니다."

제곡이 감탄한 표정으로 고개를 끄덕였다.

"사려 깊은 생각이다, 오사제. 암천회가 이모탈을 수백 구나 가지고 있는 이상 황해 해적을 아무리 중무장시킨들 무소용이겠지. 이 일은 삼사제가 한번 해보는 게 어때? 오사제가 적임이긴 한데 화성 탐사를 가야 하니 말이야."

"알겠습니다, 대사형. 그럼 제가 맡고 있는 정보대는 어떻게 할까요?"

"사사제가 어차피 항주로 돌아가야 하니 인계하는 게 좋겠지."

그렇게 사형제 간 역할이 배분되었다.

제곡은 황해 해적 운영 총괄을, 제요는 호리곡 개조 공사를, 제순은 아카데미 설립과 문도 영입을 맡았다.

등자룡은 황해 해적의 정보망을 접수하고 항주로 돌아가기로 했고, 권산은 화성 탐사를, 홍련은 통일한국으로 돌아가 헌터업을 계속하며 경험을 더 쌓기로 했다.

권산은 제곡에게 화성 탐사에 동반하게 될 용병단의 존재를 알렸고, 무찰린다 동굴과 가까운 미개척 동굴 일부를 개조해서 용병캠프를 만들어주기로 했다. 화성으로 전원이 떠나면 쓸모가 없겠지만, 이쪽에도 거처를 만들어두기는 해야 했다.

11장

화성으로 II

한 달 뒤.

호리곡 전체는 그야말로 공사판이 벌어졌다. 기존의 3만 평가량의 면적을 사방의 벽을 파내고 지하를 뚫어 5만 평으로 확장하는 공사였다. 동시에 중국에서 만들어져 공중 수송으로 운반된 조립식 모듈 건물들이 반입되어 노후 건물이 헐린 자리에 촘촘히 쌓아 올려졌다. 병원과 아카데미, 거주 구역과 문화 구역, 상업 구역이 인구 유입까지 고려되어 더욱 높고 넓게 확장되었다.

항주등가에서 보낸 수백 명의 건축 기술자와 중장비가 있었기에 가능한 일이었다. 권산은 아카데미 건물이 올라가는 것을 지켜보다가 강철중이 보낸 문자를 받았다.

[용병단 창설 완료. 서울에서 대기 중.]

권산은 공 노파의 도움으로 곧바로 서울로 도약한 뒤 강철중이 이태원에 마련한 아지트에서 용병들을 만날 수 있었다. 총원 30명이었는데 반 정도는 777특수부대 출신으로 보였다. 하나같이 덩치들이 우람하고 고도로 훈련된 느낌이 물씬 느껴졌다.

"반갑다. 얼굴이 익은 사람도 있군."

"역시 대장은 살아 계셨군요. 매스컴에서 하도 죽었다고 떠들어서 믿을 뻔했잖습니까?"

익살스러운 표정의 사내가 외치자 특수부대 출신들이 모두 웃으며 반가워했다.

"너희들은 돈이 궁해서 용병단에 든 것이 아닐 텐데?"

"물론입니다. 상상하지도 못하는 오지로 임무를 떠난다니 좀이 쑤셔서 왔지 말입니다."

권산은 고개를 끄덕이고 낯선 얼굴의 대원들을 훑어보았다. 전역한 군 출신도 있고 동북아시아 전체를 무대로 용병으로 활동하던 이도 있었다. 특히 얼굴을 완전히 가로지르는 칼날 흉터의 30대 사내는 용병계에서는 유명 인사였다. 권산도 현역 시절 그의 이름을 들어본 적이 있었다.

"반갑습니다, 대장. 투견이라 부르시면 됩니다."

약하게나마 남아 있는 북한식 억양이 그가 평양 출신임을 증명하고 있었다. 중국과의 국경에서 발생한 소규모 전투에서 소대급 하나를 혼자서 전멸시킨 일화는 용병계에서 전설로 회자되는 일이다.

"모두 힘든 결정을 내려줘서 고맙다. 약속한 보수액이 너무 많아서 혹시 의심하는 이가 있을지 모르겠지만, 난 돈 문제는 확실한 사람이야. 믿음을 가져도 좋아. 용병단은 두 시간 뒤 집결지로 이동하겠다."

그때 강철중이 권산에게 말했다.

"용병대장께서 우리 용병단 이름을 정해주십시오."

"음, 이름이라… 영 생각나는 게 없군. 진광 네가 한번 지어 보겠나?"

진광은 껄껄껄 웃더니 심각한 표정으로 머리를 틀어쥐며 입을 열었다.

"어릴 적에 들은, 세상의 끝으로 항해한 아르고호의 영웅들 이야기가 갑자기 생각나는군요. 우리가 또 화성으로 떠나는 지구의 대표 군인들 아닙니까. 아르고 용병단이 어떨까요?"

"아르고 용병단이라… 좋군. 그대로 하자고."

권산과 용병단은 두 시간 뒤 공 노파를 통해 호리곡으로 귀환했다. 용병단은 제곡이 마련한 숙소에 장구류를 풀고 양자 터널을 보기 위해 양자연구소로 몰려갔다.

"저 너머가 화성이라는 거지."

"정말 기괴한 모습이군."

권산은 강철중과 진광, 투견을 돌아보며 말했다.

"진성그룹의 보급과 군수품이 도착하고 계획이 서는 대로 화성에 돌입할 생각이다. 일단 최우선 과제는 화성에 숙영지를 만드는 일이 되겠지."

며칠이 지나고 호리곡 근방 하늘에 십여 대의 쿼드 캐리어가 나타났다. 진성그룹은 김만력의 승인서를 가지고 관문을 넘었고, 버려진 이어도기지에서 하루를 기착한 뒤 권산이 레이드를 통해 개척한 루트를 통해 호리곡까지 날아온 것이다.

막대한 양의 보급품이 속속 하역되는 가운데 진성그룹의 대표자가 호리곡으로 걸어 들어왔다. 하역을 지켜보던 권산이 깜짝 놀랄 만한 인물이었다.

"나 놔두고 화성으로 가려고 한 거죠? 가만 안 둬요, 진짜!"

바로 이미나였다.

"네가 어떻게……?"

"아버지 말이 맞았어! 오빠가 화성으로 떠나기 직전이라고 들었어요. 나도 탐사대에 들어갈 테니 꼭 껴줘요."

권산은 고개를 절레절레 저었다. 그녀를 말리고 싶은 맘이야 굴뚝같지만 미나의 고집불통 성격을 잘 알기 때문이다.

"진성 우주 산업은 어쩌고?"

"이미 지구기지는 완공되었고 성층권 기지는 부유시키는 데 성공했어요. 무찰린다의 힘줄로 된 궤도 와이어는 아주 가느다란 심선 상태로 지구기지와 연결시켰고요. 또 며칠 전에는 게오르그 슈미트사의 로켓이 우리의 심선을 적재한 채 300㎞의 저궤도로 지리산 상공까지 와서 지구 쪽 와이어와 연결까지 시킨 상황이에요. 즉 우주 엘리베이터 프로젝트는 팔부 능선을 넘었다고 할 수 있죠. 이제 심선에 배양액을 흘려 넣어 와이어의 세포를 증식시키는 일만 남았어요. 몹시 지루하고 오랜 시간이 필요하니 사실상 내가 거기 있어봐야 할 일이 없는 거죠. 아버지 허락 다 맡고 온 거니까 날 막을 생각 마세요. 꼭 나도 화성으로 데려가야 해요."

권산은 굳은 얼굴로 고개를 저었다.

"그곳은 미지의 땅이야. 어떤 위험이 있을지 모든 게 불확실하지. 그런 곳에 너를 무턱대고 밀어 넣을 수는 없어. 양자연구소에서 당분간 진성그룹 연구진과 지내줘. 내가 먼저 선발대로 들어간 뒤 너를 부를게."

"정 그렇다면 할 수 없죠. 그렇게 할게요. 그건 그렇고, 우리가 사귀는 게 맞기는 하나요? 완전 얼굴 까먹겠어요."

일에 치여 소홀한 것이 사실이니 권산으로서는 할 말이 없었다. 그렇게 준비가 무르익는 와중에 민지혜가 진성그룹의 쿼드 캐리어 편으로 호리곡에 당도했다. 이데아의 본체를 직접 가지고 온 것이다. 그녀는 김요한과 함께 양자 터널 너머로 전파를 송출하여 궤도에 있는 NASA의 위성 3대를 해킹하는 데 성공했다.

운이 좋게도 위성의 메모리에는 100년이 넘는 기간 동안 축적된 영상 자료가 가득 차 있었다. 이를 조합하여 이데아의 연산 능력을 이용해 3D 지도를 만들었다.

중앙통제실의 3D 지형 테이블에 그 지도를 투사하자 테이블 위 허공에 붉고 둥근 행성 모습이 홀로그램으로 떠올랐다.

민지혜는 테이블의 액정을 만지며 행성의 일부분을 확대했다.

"이곳이 양자 터널이 있는 위치예요. 화성의 좌표상으로는 경도 130도, 북위 35도쯤 되겠네요. 경도 자오선은 범용적인 에어리(Airy)—0 충돌구로 잡았어요."

김요한이 맞장구쳤다.

"맞네. 그게 오래전 국제천문연맹에서 잡아놓은 화성 좌표 기준이지."

민지혜의 브리핑이 계속되었다.

"지도 분석 결과 문명이라 부를 수 있는 지역은 위성사진으로는 크게 세 군데로 나눌 수 있어요. 첫 번째는 적도 북쪽 인근에 위치한 타르시스(Tharsis) 지역이에요. 태양계에서 가장 거대한 화산인 올림푸스몬스(Olympus Mons) 화산이 있다고 알려진 지역이죠. 그 산은 에베레스트산 높이의 세 배나 되니 어마어마한 크기의 산이에요. 하여간 이 올림푸스산을 중심으로 호주 대륙만 한 면적에 도시 문명의 흔적이 관찰되고 있어요. 아마도 권산 님이 추정한, 미국인의 후손들이 거주하는 인간들의 구역으로 생각돼요. 좀 특이한 점은 과학기술이 상당히 퇴행한 것으로 보인다는 점이에요. 도시를 방어하기 위한 방벽이나 망루 등이 관찰되고 고층 건물은 없다시피 하니까요. 사진만 봐서는 지구의 중세시대 유럽의 모습과 비슷하지 않을까 싶네요."

참 이상한 일이었다. 미국이라면 100년 전에도 지구에서 가장 뛰어한 과학기술을 보유한 나라였는데 그 후손들이 중세시대를 살아가고 있다니.

'암천마제가 농간을 부렸군.'

타르시스 지역에 인간의 제국을 세우고 의도적으로 문명을 후퇴시킨 것은 황제의 힘이 아니고서는 불가능한 일이리라.

"두 번째 지역은 적도 남쪽 인근에 위치한 발레스(Valles) 지역이에요. 이곳은 호주 대륙 두 개를 합친 정도의 광대한 평야지대인데 그 중심부에 목재와 석재를 기반으로 건축된, 고대 군장 사회와 비슷한 수준의 문명 도시가 관찰되었어요. 또 위성사진으로 수를 헤아리기 어려울 정도의 생명체도 보였고요. 오크라는 토착종의 지역이라고 추측하고 있습니다."

민지혜가 액정을 조작해 오크의 도시 사진을 확대했다. 도시의 규모는 엄청났지만, 건물은 조잡하고 도로는 중구난방으로 뻗어 있었다. 인구가 모여 자연 확산 된 모양새였다.

김요한이 흥미롭다는 표정으로 고개를 끄덕였다.

"그래도 저 정도의 광역 도시를 세운 것을 보니 오크의 지능도 어느 정도 인간과 비슷한 모양이군."

민지혜도 수긍하는지 고개를 끄덕였다.

"세 번째는 타르시스 지역과 북극 사이의 아케론(acheron) 지역이에요. 위성으로 도시가 촬영된 것은 아니지만 이곳은 화성 최대의 삼림지대예요. 지표에 풀이 자라 있고 곳곳에 넓은 수원과 흐르는 강물이 관찰될 정도로 환경적으로는 생명이 거주하기 최적의 조건이에요. 이렇게 완벽한 환경이 특정 구역에만 존재하는 것을 보면 분명 어떤 존재에 의해 인공적인 관리가 이루어졌다고 판단하고 있어요. 위성으로는 관찰이 안 되는 문명이 삼림 속에 있을 확률이 높아요. 이른바 제3 세력이죠."

이야기를 곰곰이 듣던 미나가 손을 들고 물었다.

"인간과 오크, 그리고 제3 세력의 지역 면적을 모두 합쳐도

호주 대륙 네 개 정도 크기네요. 이상하게도 구역들이 모두 인접해 있고요. 화성은 지구보다는 작은 행성이지만 바다가 없어서 지표의 면적은 엄청나게 넓은데 다른 곳에도 문명이 있을 가능성도 있지 않을까요?"

"현재 관측된 데이터상으로는 아니에요. 생물체들은 지표 모든 곳에서 조금씩 보이고 있지만, 적어도 문명권이라고 할 만한 곳은 저기뿐이에요. 그 이유에 대해서는… 글쎄요."

민지혜 스스로도 납득이 안 되는 부분이니 말끝이 절로 흐려졌다. 그때 김요한이 나서며 말했다.

"내가 그럴듯한 추정을 하나 하지. 아마 전리층 때문일 거야. 화성은 지구처럼 행성 전체에 전리층이 덮여 있지 않아. 화성의 전리층은 특정 구역에만 돔 형태로 펼쳐져 있다는 천문 이론도 있어. 전리층이 없으면 그 구역은 태양풍에 노출되기 때문에 생명이 살아가는 데 극한의 환경이 되고 말아. 마치 방사능에 뒤덮인 지구에서 일부 청정 구역의 도시에서만 인간들이 살아가는 것처럼 말이야. 말이 조금 샜네만, 저기 인간과 오크, 제3 세력의 구역 전체는 하나의 전리층 존에 덮여 있는 것으로 보이네."

미나가 이해했는지 씽긋 웃었다.

"쓸모가 있는 땅은 저기뿐이라는 거네요."

"꼭 그렇진 않아. 다른 지역에도 전리층이 있을 수 있거든.

하여간 지금은 저곳에서만 탐사를 해야겠군. 지혜! 양, 양자 터널의 위치를 다시 한번 찍어주겠소?"

민지혜는 액정을 조작해 홀로그램에 붉은 점 하나를 찍었다. 타르시스와 아케론 지역 중간쯤 되는 산악 지대였다.

'타르시스로 갈지 아케론으로 갈지 결정해야겠군.'

회의가 끝나고 김요한과 미나가 양자 터널을 보기 위해 중앙통제실을 나가자 권산은 민지혜의 얼굴을 보며 말했다.

"이데아를 옮기느라 수고했어. 이제 내가 화성으로 떠나면 이곳 연구소에 와서 나를 서포트해 줘. 연구소 전체가 전자파 차폐가 돼 있어서 양자 터널을 통해 신호를 주고받을 수 있는 곳은 여기뿐이야."

민지혜는 뿔테를 추켜올리며 흘러내리는 검은 흑발을 한번 목 뒤로 쓸어 넘겼다.

"때가 되었군요. 알겠어요. 차슬아 마스터가 아쉬워하겠네요."

"현무 길드와의 인연은 아직 끝나지 않았어. 언제고 다시 일할 날이 올 거야. 한국에 돌아가면 차슬아 마스터에게 이 편지를 전해줘."

편지에는 권산이 예상한 헌터 업계의 변화가 적혀 있었다. 인공 해독제 때문에 라독의 가치가 없어지고 괴수 사냥으로 벌어들이는 수익이 급감한 헌터들은 자연히 다른 곳으로 눈을 돌리게 될 것이다. 긍정적인 방향이라면 굳이 예상할 필요가 없겠으나 필시 부정적인 변화도 동반될 것이라는 게 권산의 생각이다.

사회 전반에 이능력자들이 벌이는 범죄율도 높아질 것이고, 이능력자 범죄자를 잡기 위해 이능력자 경찰들도 생겨날 것이다. 이능력자들을 헌터라는 직업으로 묶어 관리하는 게 길드의 역할인 만큼 앞으로 현무 길드가 더욱 성장하려면 레이드 이외의 분야에서도 역할을 해주어야 한다는 내용이 쓰여 있었다.

그리고 민지혜에게 쿄토 전투에서 정신 감응 이능력에 당할 뻔했는데 이데아의 신경 자극 덕에 위기에서 벗어난 일을 설명하며, 신체가 위기 상황에 놓일 경우 이데아가 적극적으로 개입해서 방어할 수 있는 방법이 없을지 물었다.

"음, 정말 운이 좋으셨네요. WC는 본래 전기 자극용으로 사용할 수 있는 제품이 아니에요. 이데아가 인공지능답게 배터리 방전 로직을 짜서 대응한 것으로 보이네요. 권산 님의 의도대로 이데아가 신체를 센싱하고 이상한 요소를 발견할 시 추적, 제거, 방어 등의 액션을 하려면 권산 님 몸속에 이데아와 통신이 가능한 생체 칩을 여기저기에 이식해야 해요. 음, 아니면 나노머신을 활용하는 방법도 있겠네요. 혈관 속에 적혈구만 한 크기의 로봇을 수천 개 풀어놓는 건데, 외부에서 통신으로 명령하면 암세포와 같은 비정상 세포를 공격하고 세균과 기생충, 바이러스를 제거하는 것도 가능하다는 논문을 본 적이 있어요."

생체 칩을 몸 여기저기에 이식하는 것은 적극 사양하고 싶었다. 자칫 민감한 혈도를 자극해 내공 운용에 악영향을 줄 듯했다.

"나노머신으로 하지."

"엄청나게 고가예요. 그래도 상관없으세요?"

"그래."

"그럼 제가 알아볼게요. 시간은 좀 걸릴 거예요."

"그래, 부탁해."

민지혜는 진성그룹의 쿼드 캐리어 편으로 다시 한국으로 돌아갔다.

그렇게 탐사대의 장비와 숙영지의 보급품, 탐사 루트 등의 계획이 완전히 수립되고 마침내 디데이가 밝았다.

"컨디션이 어떤가, 권산?"

"좋습니다, 김요한 박사님."

"좋아, 사람이 양자 터널을 통과하는 건 처음이니 각별히 유의하게. 자네가 역사적인 첫 발자국을 장식하는구먼."

권산의 뒤로 아르고 용병단이 정렬해 있었다. 사형제들도 모두 나와서 권산이 양자 터널을 통과하는 것을 지켜보고 있었다.

권산은 자신의 갑옷과 무라사키 장인검 3종 세트가 든 아이템 가방을 내려놓고 사형제들과 일일이 인사했다. 홍련의 앞에 섰을 때 그녀의 목에 걸린 통역기가 눈에 띄었다.

"홍련, 이건 돌려주겠어? 아무래도 화성에서 쓰일 일이 있을 것 같아서 말이야."

"그래요, 사형. 나도 한국어가 제법 늘었으니 이제 필요 없어요. 화성에 가거든 꼭 암천마제의 종적을 찾길 바라요. 사부님은 이곳에서 잘 돌볼게요."

"그래, 다시 한국으로 가거든 현무 알파 소식도 종종 전해주렴. 언제고 그들도 부를 날이 있을 거야."

권산은 형형히 빛나는 눈으로 다시금 좌중을 쓸어보다가 미나와 눈이 마주쳤다.

'무사히.'

'걱정 마.'

이심전심, 서로는 마주 보며 고개를 끄덕였다.

"스텐바이. 방화벽 진입 97, 98, 99, 100% 완료. 진입 가능합니다."

'간다.'

권산은 빠른 걸음으로 양자 터널의 출렁이는 공간 속으로 뛰어들었다.

상하좌우의 균형이 삽시간에 흔들리며 짧은 순간 온몸을 짓누르는 무력감이 닥쳐왔다.

대우주의 무중력 공간 속에 홀로 내팽개쳐진 듯한 느낌이다.

그러다 어딘가로 밀려가는 듯한 압력이 가해졌고, 권산은 출렁이는 공간 면을 뚫고 나가며 붉은 하늘과 땅을 가진 미지의 세계에 존재하게 되었다.

'이곳이 화성.'

방화벽은 허공에 떠 있는 양자 터널의 높이까지 계산되어 지면까지 비탈을 만들어주고 있었다.

권산은 방화벽의 끝단까지 천천히 걸어갔다. 이윽고 펼쳐진 광경은 지구와는 또 다른 모습이었다.

붉은 토양은 풍화작용에 의해 사막화되었고 산은 대개 민둥산이었다. 그럼에도 곳곳에 나무로 보이는 식물들이 자라나 있었다.

김요한이 실험을 위해 보낸 각종 기기와 동식물들이 이곳 저곳에 방치되어 있었다.

느껴지는 메마르고 텁텁한 공기는 폐부 깊숙한 곳에 이질감을 주었으나 대자연의 기는 충분히 대기에 깃들어 있었다.

"이제 새로운 시작이로군."

권산의 등 뒤로 아르고 용병단과 숙영지를 건설할 자재들이 터널을 넘어오고 있었다.

12장
엘릭서 I

젤란드국의 아그라 요새에 붉은 갑옷을 입은 열 명의 기사가 말을 타고 들어갔다. 아그라 마을의 주민들은 불안한 얼굴로 기사들이 일으킨 흙먼지를 바라보았다.

시도 때도 없이 변경에 출몰하는 적들이 또 도발을 해온 것은 아닐까 걱정하는 것이다.

"블러드 엘프가 또 쳐들어왔나?"

"빌어먹을 귀쟁이 놈들!"

"천하에 씹어 먹을 놈들."

주민들은 격하게 욕을 하면서도 한편으로는 두려워했다. 주민들이 흩어지고 얼마 안 있어 성문 옆에 공고가 하나 붙었다.

[엘릭서 원정대 모집]

젤란드 마탑에서 상급 엘릭서의 마력을 감지했다. 붉은 사암 기사단과 엘릭서를 구할 용사는 원정대에 지원하라. 장소는 엘로라 동굴. 성공 보수는 1만 플로린(Florin)이다.

깊은 로브를 쓰고 공고문을 지켜보는 이가 있었다. 190㎝의 장신에 탄탄하게 단련된 체구가 인상적인 남자였다. 바로 권산이다.

'영어로군.'

권산이 아그라 마을에 들어온 것은 하루 전이다. 아그라 마을은 양자 터널이 있는 화성 숙영지로부터 가장 가까운 인간들의 거주지였기 때문에 최우선 탐사 목표가 된 것이다. 10일 전 아르고 용병단 30명과 진성그룹의 엔지니어 그룹 20명이 화성으로 넘어와 숙영지를 건설하는 동안 홀로 위성지도를 보며 고지를 타고 넘어 이 마을에 도착했다.

"이데아, 모두 기록하고 있지?"

렌즈 시야에 이데이 요정이 뾰로롱 나타났다. 양자 터널 너머에 있는 이데아 본체와는 해킹한 NASA 위성을 통해 원격

접속 된 상태였다. 지구와 화성 간 우주 거리가 무색하게도 실시간으로 통신이 이루어지는 흥미로운 상황이다.

—그럼요, 주인. 다 영상으로 기록하고 있죠. 근데 여긴 진짜 이상하네요. 요즘 세상에 갑옷 입고 말 타는 사람들이 다 있네요?

"이곳의 문명 수준이 중세와 비슷하다더군."

—그런데 저 영어 문장 번역해 드려요?

"그럴 필요 없어. 영어는 내가 읽을 수 있으니까. 앞으로 내가 모르는 언어 체계가 나오면 그때는 이데아가 습득해서 대신 번역해 줘."

권산은 발길을 돌려 어젯밤 묵은 여관으로 돌아갔다.

미국인들의 후손답게 모든 이가 영어로 말하고 썼기 때문에 영어 구사가 가능한 권산이 이 사회에 녹아드는 데 어려움은 없었다.

'아그라의 휴식.'

목조로 건축된 3층 건물이다. 1층은 식당과 술집을 겸하고 2층부터 객실이 있었는데 이미 숙박비를 선불로 지불했기에 주인은 여관에 들어서는 권산에게 가볍게 눈인사를 건네었다. 이곳에서는 플로린이라는 명칭의 둥근 알루미늄 화폐가 통용되었는데 권산은 부득이하게 행인에게 빌려서(?) 숙박비를 지불할 수밖에 없었다.

권산은 식당 테이블에 앉아 가벼운 요리와 맥주를 주문했다. 지구의 호밀에 테레스켄이라는 화성 이끼를 혼합한 스튜가 나왔는데 어제도 먹었지만 생각보다 맛이 좋았다.

'엘릭서, 마탑, 마력… 생소한 개념들이로군. 더구나 보수가 1만 플로린이라면 이곳 가치로는 한 사람이 반 년간 살아갈 수 있는 거액인데 엘릭서가 그만한 가치가 있는 물건일까?'

권산이 깊은 생각에 빠졌을 때 여관 주인이 다가왔다.

"손님, 자리가 부족하니 이분들과 합석을 하실 수 있을까요?"

권산이 돌아보자 가죽 갑옷을 입고 허리에 검을 찬 남자와 여자가 주인 옆에 서 있었다.

"그러시죠."

남자와 여자는 권산의 맞은편에 나란히 앉았다. 자세히 보니 갈색 머리의 이십 대 후반 청년과 조금 더 어려 보이는 금발의 여성이다

권산의 민감한 기감에 두 사람에게서 흘러나오는 강한 기세가 느껴졌다. 홍련보다는 약했지만 이능력자를 제외하고는 지구에서 찾아보기 어려운 수준이었다.

'이질적이지만 상당한 기운이군. 기공은 아닌 듯한데.'

갈색 머리의 남자가 권산을 향해 살짝 고개를 숙이며 인사했다.

"합석을 허락해 줘서 고맙습니다. 이것도 인연인데 서로 통성명이나 합시다. 내 이름은 매튜이고 이쪽은 내 동생인 클로라입니다."

"권산이오."

"조금 특이한 악센트의 이름이군요. 이 근방 분은 아니신 것 같은데 멀리서 오셨나 보군요?"

권산은 어디까지 밝혀야 하나 망설였지만, 찰나에 생각을 정리했다.

"멀리 시골에서 돈을 벌기 위해 왔소. 두 분은 이곳 분이시오?"

매튜가 고개를 저었다.

"우리도 아그라 주민은 아닙니다. 수도에서 붉은 사암 기사단의 뒤를 따라서 이곳까지 왔죠. 붉은 사암 기사단이라면 알아주는 엘릭서 사냥꾼들 아닙니까. 우리도 그쪽처럼 한몫 잡기 위해서 이곳에 온 것이죠."

권산은 매튜의 성격을 금세 파악했다. 그는 낯선 사람에 대한 경계가 별로 없는 호인인 듯했다. 이자를 이용한다면 화성에 대해 파악하는 데 도움이 될 게 분명했다. 둘의 식사가 나오자 권산은 매튜를 보며 물었다.

"그럼 두 분은 엘릭서 원정대에 지원하실 생각이군요?"

권산의 질문에 클로라가 답했다.

"그럼요. 권산 님은 아니신가요?"

"그럴 리가요. 저도 내일 아그라 요새에 찾아가려 했습니다."

"잘됐군요. 그럼 내일 같이 움직이시면 될 것 같군요."

권산은 맥주를 더 주문해 매튜와 클로라에게 권했다. 그러면서 대화를 자연스럽게 이끌며 궁금해하던 정보를 유도해 냈다. 맥주가 연거푸 들어가자 매튜의 혀가 점점 꼬여갔다.

"마법사들은 엘릭서라면 아주 환장을 하죠. 엘프에게 마법을 배운 주제에 엘프 흉내를 어지간히 내고 싶은 모양이에요. 마력의 정수인 엘릭서만 있다면 뭐 불가능한 것은 아니지만요. 그 덕에 우리 같은 모험가들도 먹고사는 것이니 고맙다고 해야 할까요?"

'엘릭서라…….'

정보를 조합한 결과 엘릭서는 푸른 색상을 띤 빛나는 액체이자 마법의 원료가 되며 활용도가 무궁무진한 신비의 물질을 말하는 것이었다. 그러나 그 수요에 비해 공급이 턱없이 부족했는데 그 이유는 엘프들의 땅인 아케론에서만 얻을 수 있기 때문이었다. 마법이라는 미지의 힘은 본래 엘프라는 종이 가진 학문이자 기술인데 어떤 인간 천재가 엘프로부터 마법 학문을 전수받았고, 그렇게 마법을 익힌 인간들이 늘어나서 마탑이라는 공동체를 만들었다고 했다. 지구로 따지자면 이능력자들이 모여 있는 헌터 길드에 빗댈 만했다.

식사가 끝나고 각자의 방으로 헤어지자 권산은 자신의 방에 들어와 창문을 열어젖혔다. 창문 밖에 작은 달이 보이자 다시금 이곳이 지구가 아니라는 사실이 자각되었다. 화성에는 두 개의 작은 달이 뜨는데 포브스는 서에서 동으로, 데이모스는 동에서 서로 뜨고 진다.

마을에는 간혹 촛불을 켠 집들이 보일 뿐 어디에도 전기를 사용한 흔적은 없었다.

"이데아, 문명이 역주행하는 일이 가능해?"

—음, 역사적으로 없지는 않아요. 기후나 전쟁, 질병과 종교 등의 이유로 특정 지역의 문명이 퇴보하는 것은 종종 있어왔죠.

"하지만 이곳 화성은 너무도 이상해. 지구의 중세 시기로 회귀한 듯한 건축양식이나 의복, 도구, 사회 시스템은 누군가의 의도가 있지 않고서는 이렇게 골고루 중세의 그것과 같은 모습을 갖추지 못했겠지. 한마디로 아주 작위적이야.

—동감이에요, 주인. 우연의 일치로 그렇게 될 확률은 0.000001% 정도예요. 가정해 보자면 엑소더스선에 저장된 중세의 역사 데이터를 이용해서 하나부터 열까지 일일이 이곳에 중세의 모습 재연했다는 게 더 가능성이 높아요. 누가 왜 그런 짓을 했는지는 알 수 없지만요.

권산은 느릿하게 움직이는 데이모스를 보며 암천마제를 상기했다. 절대적인 강함, 불사의 수명, 피에 굶주린 광기.

그런 자가 경계할 만한 무언가가 있다면 바로 발달된 문명과 과학력이 아니었을까.

"그런 짓을 할 사람은 바로 황제일 거야. 암천마제라고도 하지. 천하에 적수가 없는 절대 강자도 과학이 만든 파멸의 핵병기 앞에서는 죽음을 면치 못해. 영원한 강함을 유지하려면 자신보다 강한 무언가가 등장하지 못하게 하는 방법도 있겠지. 이곳의 과학력이 후퇴한 건 아마도 그자의 의도 때문일 거야."

—85% 확률로 가능성이 있는 가설이에요.

"아니, 100%야. 내 직감이 그리 말하는군."

다음 날 아침, 권산과 매튜, 클로라는 아그라 요새를 찾아갔다. 접수관은 셋의 이름을 적고 요새 내부로 들여보냈다. 하늘을 찌를 듯 높은 첨탑과 첨두아치 지붕의 건축물들이 요새를 구성하고 있었다.

—13세기 중세의 초기 고딕풍 건축양식이네요.

연무장에는 가지각색의 행색을 한 30여 명의 지원자가 일찍부터 들어와 북적거렸다. 젊은 남성이 많았고 더러 로브를 입은 여성들도 있었다.

단상 위로 건장한 체구에 붉은색 전신 갑옷을 입은 중년이 올라오자 사위가 조용해졌다.

"나는 붉은 사암 기사단의 단장인 제퍼슨이다. 엘릭서 원정에 지원한 여러분의 용기와 애국심에 경의를 표하는 바이다. 모두가 잘 알다시피 엘릭서는 생성되고 얼마 동안이나 소멸되지 않고 유지될지는 예측 불가이다. 때문에 분초를 다투는 빠른 원정이 이 일의 성패를 좌우하게 된다. 원정대원을 더 모집할 시간이 없으니 점심을 먹는 대로 요새 앞 광장에 집결하여 출발한다. 목적지는 엘로라 동굴이니 원정 기간은 10일로 예상한다. 각자 이에 맞춰 준비하도록.

제퍼슨이 단상을 내려가자 지원자들은 원정대를 증명하는 표찰을 하나씩 건네받았다. 매튜는 푸른 금속질의 표찰을 품에 넣고 권산을 바라보았다.

"이걸 잘 간직해야 합니다. 원정이 성공하고 무사히 살아 돌아왔는데 이걸 잃어먹었다면 보상은 물 건너가게 되니까요."

원정대원들은 요새를 나서서 뿔뿔이 흩어졌다. 각자의 일을 보고 점심때 다시 모일 참이다.

"권산 님은 물품 준비 다 되셨어요?"

클로라가 권산의 간소한 행색에 의아해하며 물었다. 최소한 10일을 왕복할 정도의 식량은 챙겨야 하는데 그렇게 보이지 않는 탓이다. 사실 고칼로리 전투식량을 잔뜩 싸온 관계로 보급은 더 불필요했으나 단체 행동 중에 홀로 지구의 식품을 먹을 수는 없었다.

“그러고 보니 준비가 안 되었군요.”

매튜가 고개를 절레절레 저었다.

“정말 시골에서 오셨다더니 원정에 대해서 잘 모르시는군요. 일단 저를 따라오십시오.”

매튜는 식료품점으로 들어가 건량과 육포, 말린 테레스켄 가루 등을 주문했다.

“다급하면 평원에 자생하는 테레스켄이라도 뜯어서 생으로 먹으면 되겠지만, 우리가 오크도 아니고 그거 소화시키려면 하루 종일 걸리잖습니까. 그래서 무게 문제도 있고 해서 이렇게 말려서 분말로 가져가면 좋습니다.”

값으로 100플로린을 지불하자 수중에 돈이 소진됐다.

“식료품은 이 정도면 됐고 잡화나 무기, 방어구 같은 것도 충분치 않아 보이는데 같이 한번 봐드리죠.”

매튜가 다시금 친절을 베풀었지만 권산은 고개를 저었다. 돈도 떨어졌거니와 여행용 물품은 사실 배낭에 가지고 있었다. 그것이 지구의 현대적인 물건이라 것이 문제일 뿐.

“고맙습니다만, 돈이 떨어졌습니다.”

“그것 이 쉽군요. 필요하면 우리의 물건을 빌려 쓰도록 하십시오.”

참으로 이런 호인이 없었다. 매튜는 화성인들이 모두 이토록 순박한 것인가 의문을 갖게 하는 인물이었다. 권산은 갑자기 무슨 생각이 났는지 배낭을 뒤져 뭔가를 꺼냈다.

"이걸 팔면 돈이 되겠소?"

그것은 무라사키 소검의 검집에 박혀 있던 손톱만 한 자수정이었다. 멋을 위해 무라사키 장인이 박아 넣은 것인데 마침 생각이 난 것이다. 무라사키 중검과 대검의 검집에는 더 큰 자수정이 박혀 있는데 휴대성이 좋은 소검만 가져왔기에 지금은 이것뿐이었다.

"자수정이군요? 크기는 작지만 세공이 되어 있으니 그런대로 돈은 되겠습니다."

셋은 마을의 보석상에 들러 약간의 흥정 끝에 500플로린에 매각할 수 있었다. 권산은 그 돈으로 잡화점에서 수통과 망토, 가죽 배낭과 모포를 사고 100플로린을 지불했다. 여러 가지 면에서 현대식 물품에 비해 기능성이 떨어졌으나 이곳 사회에 융화되는 것이 선결 과제였으니 새로 산 가죽 배낭에 짐을 옮겨 담고 지구의 물건은 으슥한 마을 골목에 묻어버렸다.

점심이 되고 광장에 원정대가 모이자 붉은 사암 기사단을 위시하여 아그라 방위병 20명과 모험가 30명 등 총 60명의 인원이 출발했다. 끝없이 붉게 펼쳐진 평원과 저 멀리 솟아 있는 산맥이 눈에 띄었다. 엘로라 동굴이 어디 있는지는 모르겠으나 최소한 산맥까지는 가야 할 듯했다.

"이데아, 이동 경로의 방위각이 어디지?"

—동남쪽으로 진행하고 있어요. 화성 숙영지와는 정반대 방향이에요.

화성의 표면은 낮은 관목과 테레스켄이 뒤덮여 있었다. 밀집도는 높지 않아서 거의 일직선으로 경로를 잡는 데 방해되지는 않았다. 나란히 걷던 매튜가 말을 걸어왔다.

"기사들은 말을 타고 방위병들은 마차를 탔지만, 우리는 며칠이고 걷는 수밖에 없어요. 시골 출신이라면 노동에 이골이 났을 테지만 그래도 체력 안배는 알아서 하셔야 할 거예요. 그런데 시골이라면 정확히 어디서 오셨는지……."

"지도에도 없는 궁벽한 곳이오. 아그라에서 걸어 10일은 걸리오."

"아, 그럼 개척지 마을 출신이시군요. 아그라는 젤란드에서도 최북단에 속하는데 거기서 10일 거리라면 정말로 오지로군요. 엘프와 몬스터의 틈바구니에서 정말 고생하셨겠습니다."

권산은 특별히 대꾸하지 않고 그저 고개만 끄덕였다. 그러다 원정대의 선두에서 걸어가는 날카로운 눈매의 남자를 보았는데 몹시도 괴이한 뭔가가 그의 뒤를 따르고 있었다.

"저건 뭡니까? 저 철로 된 개 말이오."

권산이 턱짓으로 가리키자 매튜가 대답했다.

"저건 마법종자(從者)라고 합니다. 평상시에는 저것처럼 동물 모습으로 조립된 철편이 주인을 졸졸 따라다니다가 주인이 명령을 내리면 전신 판금 갑옷으로 재조립되어 주인의 몸에 달라붙게 됩니다. 형상 기억 마법의 일종이라고 하는데 오직 드워프 마법 무구 제작술로만 가능한 것이라 엄청나게 고가에 거래되고 있죠. 저 사람처럼 마법종자에 짐을 실으면 장거리 여행도 편하게 할 수 있으니 저도 정말 갖고 싶은 물건입니다."

'엘프에 이어서 드워프라니…….'

정말로 복잡한 세상이었다. 권산은 태연하게 다시 물었다.

"저자는 상당히 유명한 사람이겠군요?"

"그래요. 저자도 우리처럼 수도에서부터 붉은 사암 기사단을 쫓아온 사람이죠. 모험가들 사이에서는 백광의 마크라는 이름으로 유명합니다."

"혹시 또 알아둘 만한 이는 없소?"

매튜는 선두에 걸어가는 하얀 로브의 여자를 가리켰다. 로브를 깊게 눌러써서 얼굴은 보이지 않았으나 겉으로 드러난 늘씬한 몸매로 보아 여자임이 분명했다.

"로브의 저 바람 문양을 보건대 풍법사 로렌이라는 모험 법사가 분명해요. 수도에는 없었던 것 같은데 아마도 마탑의 연락을 받고 합류한 것 같군요."

"매튜 당신과 클로라도 별칭 같은 게 있으시오?"

"저렇게 멋진 건 없고 그저 러브레이스 남매 정도로 통합니다. 그게 우리 성씨거든요."

"그렇군요."

원정의 첫날은 황야에서 아무도 만나지 못한 채 순조롭게 끝이 났다. 움푹 꺼져 바람이 잔잔한 지대가 나타나자 원정대는 관목과 테레스켄을 뜯어 불을 지피고 말과 마차를 이용해 방벽을 만든 뒤 원정대는 숙영에 들어갔다. 권산도 모닥불에서 적당히 떨어진 곳에 모포를 펴고 자리를 잡았다. 바로 옆으로 클로라가 자리를 폈다. 그 옆으로 매튜가 자리를 폈으니 자연히 클로라를 중심에 두고 좌우로 남자들이 보호하는 형국이 되었다.

주변의 험한 사내들 틈에서 본능적으로 몸을 보호하기 위함일 터였다. 권산은 모닥불에 육포를 구우며 클로라에게 말을 걸었다.

"실례가 안 된다면 역사에 대해 배울 수 있겠소? 내가 시골에 있다가 처음으로 세상에 나와 통 아는 게 없어서 말이오."

"역사라… 젤란드의 역사를 말하시는 건가요?"

"아니, 뭐… 많을수록 좋소. 제국에 대해서도 알고 싶고요."

클로라는 고개를 갸웃거렸다. 아무리 개척지 마을 출신이라지만 제국에 대해 모를 수 있을까 싶은 것이다. 클로라는 태어난 후 지금까지 제국의 신화적인 건국 이야기를 귀에 못이 박히게 들어온 탓이다.

"그럼 꽤 말이 길어질 것 같은데 괜찮으세요?"

"괜찮소."

그때부터 클로라의 이야기는 장장 두 시간에 걸쳐 이어졌다. 권산은 이를 통해 화성의 역사에 대해 대부분 이해하게 되었다. 권산은 이를 정리하여 이데아를 통해 지구로 전송했다. 당연하게도 숙영지에 있는 용병단도 이 정보를 보게 될 터이다.

13장
엘릭서II

[화성의 역사]

1백 년 전 미드가르드의 인류는 끝없는 죄악을 지어 신의 노여움을 샀고, 신은 대홍수를 통해 인류를 죽음으로 징벌한다. 극소수의 선택받은 인류는 멸망을 피해 수십 대의 방주를 타고 세계 간 바다를 건너 화성에 도착했지만, 이미 화성은 주인이 따로 있었다. 바로 오크였다.

대오크 전쟁이 벌어졌고, 수년간 엄청난 희생을 치러낸 끝에 인류는 타르시스 지역을 차지하는 데 성공한다. 오크는 타르시스를 포기하고 발레스와 아케론 지역으로 완전히 물러났다. 이러한 기적적인 승리는 한 명의 영웅 덕분이라고 해도 과언이 아니었다. 그의 이름은 리처드였다. 전후 그는 스스로 칭제하고 화성에 인류의 제국을 세웠다. 제국의 이름은 솔(Sole)이라 했다. 시황제는 제국 명에 맞추어 성을 솔로 바꾸었다. 그렇게 다음 대 황위가 계승되어 이대 황제인 아카시안 솔이 등극했을 때까지도 오크와의 전쟁은 한 해가 멀다 하고 벌어졌고, 그때마다 제국이 입은 손실은 막대했다. 그래서 제국은 이대 황제가 등극하자 변방의 6개의 왕국을 독립국으로 인정해 주고 이종족에게 방파제 역할을 부여했는데 이것이 6 대 왕국의 탄생이었다. 젤란드, 파르티아, 롬바르드, 키프록탄, 그라임, 코린트 국이 그것이다.

클로라는 땅에 지도를 그려 각 왕국이 어떻게 국경을 접하고 있는지 보여주었다. 그렇게 탄생한 6 대 왕국이 오크와 끝없는 영토전을 벌이던 어느 날 북쪽의 아케론 지역에 새로운 이종족이 오크를 밀어내며 세력을 구축했다. 바로 엘프였다. 그들은 테레스켄이나 자생하던 불모지 아케론을 비옥한 토양에 젖과 꿀이 흐르는 이상적인 대지로 단기간에 변모시키며 나타났고, 그곳은 지금 울창한 삼림지대를 가진 전혀 화성답지 않은 녹색의 땅으로 변해 있었다.

엘프는 철저히 아케론의 경계선을 지켰고, 그 와중에 폭증

하는 인구를 주체 못 하는 인간들과도 무력 충돌이 발생했다. 그 최전선에 선 국가가 바로 북의 방패인 젤란드였다.

그렇게 세 종족은 서로 전쟁과 교류를 반복하며 반세기가 넘게 공존했고, 이것이 솔 제국의 삼대 황제인 네오 솔의 대까지 이어온 화성의 개략적인 역사였다. 권산은 넌지시 시황제인 리처드에 대해 더 물었으나 클로라는 오래전 수명이 다해 죽었다고만 알고 있었다.

'불사의 수명을 가진 그가 자연사라니… 하지만 이곳 주민들은 그렇게 믿고 있군.'

권산은 화제를 돌려 다른 것을 물었다.

"그럼 드워프는 뭡니까?"

"그들은 아케론 땅에 엘프가 등장했을 무렵 그들과 함께 등장한 난쟁이 종족이에요. 키가 크고 날씬한 엘프와는 달리 키가 작고 뭉뚱한 체구를 가졌는데 마법 무구를 만들 수 있는 대단한 장인들이죠. 그들은 수가 많지 않지만 인간과 엘프, 오크의 구역을 넘나들며 마법 무구를 팔고 광물을 교환해 가고 있죠. 이름난 기사나 마법사들의 장비는 하나같이 그들이 만든 마법 무구라고 봐도 틀림이 없어요."

권산은 늦은 밤까지 친절하게 질문에 답해준 클로라에게 감사의 말을 하곤 잠자리에 누웠다. 일렁이는 모닥불 너머로 불침번을 서는 기사가 보였다. 신분제 사회인 이곳에서 기사는 귀족 신분이다. 젤란드국의 기사이긴 하지만 제국의 시황제에 대해 더 아는 바가 있을 수 있었다.

'기사단 쪽과 친해져야겠군.'

다음 날, 그 기회는 의외로 빨리 찾아왔다.

동이 터오는 새벽녘쯤 누워 있던 권산은 땅이 미미하게 울리는 것을 느꼈다. 귀를 땅에 대고 천리지청술을 펼치자 5㎞ 밖에서 접근하는 엄청난 수의 발소리가 들려왔다.

'몸놀림이 가벼운 짐승, 최소 300마리 이상. 우리 쪽으로 접근하는군.'

주위를 보니 상황을 제대로 파악한 사람은 아무도 없었다. 경계를 서는 기사도 아직 육안 식별을 못 하고 있는 듯했다. 화성의 매서운 바람을 피하기 위해 저지대에 숙영지를 둔 것도 원인이었다. 권산은 벌떡 일어나 사자후를 터뜨렸다.

"기상! 습격이다!"

잠에 취해 있던 원정대는 권산의 고함에 깜짝 놀라며 허겁지겁 갑옷의 끈을 조이고 무기를 챙겼다. 붉은 사암 기사단과 방위병들 역시 놀라긴 마찬가지였으나 워낙에 당당한 목소리가 들려오니 기사 중에 누군가 소리쳤구나 하며 후다닥 일어나 진투 태세로 들어갔다.

1분이나 지났을까. 피처럼 붉은 털을 가진 늑대 떼가 능선을 넘어 미친 듯이 달려왔다. 누군가 그것을 보고 대경하며 소리쳤다.

"헬하운드다!"

"방어 포지션을 잡아!"

"평원의 미친개다! 킹헬하운드를 잡아야 해!"

방위병들이 말들을 뒤로 빼고 전원이 방어 태세를 갖추자마자 헬하운드가 마차 사이사이로 난입해 들어오기 시작했다. 달려오는 기세가 있어서인지 원정대는 일순간 뒤로 밀렸지만, 진형을 갖춘 덕에 빠르게 헬하운드를 밀어내기 시작했다. 권산은 소검으로 달려드는 헬하운드의 목덜미를 찌르며 원정대원들이 어떻게 싸우는지 관찰했다.

'기사들이 역시 잘하는군.'

방위병들은 전원이 창병이었는데 장창을 이용한 거리 두기가 능숙한 것이 경험이 많은 병사들 같았다. 기사들은 소수였지만 갑옷과 방패를 서로 맞대고 밀집 대형을 짠 채로 글라디우스를 휘둘렀다. 그들은 곧이어 헬하운드 무리의 중앙을 관통하며 밀고 들어갔다. 갑옷과 방패의 무게가 상당할 텐데도 전혀 힘들어 보이지 않는 움직임이었다.

'저 기사들도 매튜와 비슷한 이질적인 기세가 있군. 아무래도 마법과 관련된 것 같은데.'

기사단은 무차별적으로 검을 휘둘러 대며 헬하운드 무리를 헤집었다. 무리 어딘가에 있는 킹헬하운드를 잡기 위해서였다. 그 외에 모집된 모험가들은 각개전투를 벌이고 있었는데 역시 눈여겨본 마크와 로렌의 활약이 대단했다.

마크가 마법종자를 갑옷으로 변환시키자 개의 형상으로 모여 있던 철편이 조각조각 분리된 후 그의 몸에서 재결합되며 한 벌의 전신 판금 갑옷으로 변모했다. 몹시도 신기한 장면이었다.

그가 갑옷을 갖춰 입고 바스타드 소드를 휘두르자 검에서 백광이 충천하며 헬하운드가 마구 썰려 나갔다.

'검기? 아니야. 절삭력에서는 비슷한데 예기가 느껴지지 않아.'

풍법사 로렌은 자신의 주변으로 돌풍을 모아들이더니 헬하운드 무리로 연거푸 발사했다. 사람 크기만 한 돌풍은 칼날 같은 날카로움을 함유한 채 10여 마리의 헬하운드를 조각내고는 사라졌다.

'굉장한 위력의 풍계 능력이로군.'

러브레이스 남매도 헬하운드의 이빨을 피하며 롱소드로 특유의 완력 검술을 펼쳤고, 한 번에 한 마리씩 깔끔하게 두 동강을 냈다. 내공을 쓰는 것도 아닐 텐데 믿기 어려운 파워였다. 다들 제 몫을 해내며 버티자 얼마 지나지 않아 기사단이 덩치가 보통의 두 배만 하고 눈에서 적광이 흐르는 킹헬하운드를 죽였고, 그제야 헬하운드 무리는 많은 시체를 남긴 채 뿔뿔이 흩어졌다.

매튜가 다가오며 갑옷에 붙은 피를 닦아내었다.

“헬하운드는 아주 지긋지긋한 몬스터죠. 이번에는 미리 발견한 덕분에 별 피해 없이 막아서 다행입니다.”

그때 기사단에서 누군가 다가와 투구를 벗으며 권산에게 말했다.

“자네, 아주 감각이 좋군. 어떻게 그리 빨리 헬하운드의 접근을 알았지?”

돌아보니 붉은 사암 기사단의 단장인 제퍼슨이었다. 권산은 가볍게 인사하며 자신의 귀를 가리켰다.

“들렸습니다. 땅이 울려서요.”

“오호라, 땅의 진동으로 알았단 말인가? 정말 감각이 좋은 게 맞군. 탐지 계열 아티팩트 못지않아. 또 몬스터가 접근하거든 부탁하네. 이름이 어떻게 되나?”

“권산이라 합니다.”

“조금 특이한 악센트로군. 좋아, 내 기억하지.”

권산은 제퍼슨이 등을 돌리며 가려 하자 재빨리 그에게 말했다.

“지금처럼 후미에 있는 것보다는 제가 선두에 있는 게 더 쓸모가 있지 않겠습니까?”

제퍼슨은 흥미로운 표정을 짓고는 고개를 끄덕였다.

"음, 그것도 그렇군. 따라오게."

권산이 제퍼슨의 뒤를 따라가며 매튜와 클로라에게 말했다.

"야영 때 돌아오겠소."

"그래요. 이따 봅시다."

숙영지는 정리되고 있었다. 다들 아침도 제대로 못 먹었지만, 몬스터의 시체가 바글거리는 곳에서 식사를 할 생각은 없었다. 모두가 개인 짐을 챙기고 떠날 준비를 마쳐가고 있었다. 제퍼슨이 금발에 우람한 체구를 가진 건장한 기사 한 명을 불렀다.

"이보게, 데이비드 경."

"예, 단장님."

데이비드가 다가오자 제퍼슨이 권산을 바라보며 말했다.

"장거리 몬스터 탐지에 재능이 있는 모험가네. 여분의 말을 내주고 자네가 한 조로 움직여."

"예? 허우대는 제법이긴 합니다만, 그래도 평민인데 제가 꼭 보모 노릇을 해야 합니까?"

"자네의 멍청한 머리가 헬하운드에게 물어뜯기지 않은 건 전적으로 이 친구 덕이니까 평민 모험가라고 무시하지 말게."

권산은 그들의 대화를 들으며 이곳의 신분제가 제법 공고하다는 것을 깨달았다. 자유를 숭상한 미국인의 후손들은 이제 뼛속까지 신분제도에 적응한 것이다.

제퍼슨이 자신의 말이 있는 곳으로 사라지자 데이비드가 먼저 손을 내밀었다.

“데이비드다.”

“권산입니다.”

데이비드는 권산과 악수한 손에 지그시 힘을 가했다. 까다롭기로 유명한 제퍼슨이 무슨 바람이 불었는지 모험가를 데리고 와서 소개까지 했다. 그 내력을 알아볼 참이다.

권산은 점차 강해져 오는 데이비드의 악력을 느끼며 내심 고소를 머금었다. 과연 그는 덩칫값은 하는지 인간으로서는 수준급의 악력을 가졌으나 화경의 경지에 달한 권산에게 고통을 줄 정도는 아니었다. 권산은 자연스레 발현되는 기공을 억제하며 데이비드가 가한 힘의 딱 두 배만큼의 힘을 주어 그의 손바닥을 쥐어짰다.

“컥!”

데이비드의 안면이 시뻘겋게 상기되며 땀이 삐질삐질 흘러나왔다. 권산이 손을 풀자 그는 왼손으로 오른손을 감싸며 거칠게 숨을 들이마셨다. 권산은 느긋한 어조로 말했다.

“사나이다운 인사였소.”

주변의 기사들이 데이비드의 표정을 보고 무슨 일이 있는

지 한마디씩 물었으나 데이비드는 아무런 말도 할 수 없었다. 붉은 사암 기사단 제일의 완력가인 자신이 평민 모험가에게 힘으로 모욕을 당했다고 말할 수는 없었다.

'감히 평민 주제에… 오냐. 내 식대로 해주마.'

데이비드는 화를 참으며 권산에게 흑마를 한 마리 끌고 왔다. 말이 전투 중에 죽거나 짐을 실을 목적으로 기사단은 기본적으로 인원의 1.5배 정도의 말을 데리고 다녔는데 이미 기사들이 승마하고 있는 열 마리를 뺀 다섯 마리 중 짐이 실리지 않은 한 마리를 가져온 것이다.

"말은 탈 줄 알겠지?"

"못 타지만 해보겠소."

권산은 등자를 밟고 말 위로 뛰어올랐다. 고삐를 잡고 기사들이 하는 것처럼 승마 자세를 잡자 데이비드가 갑자기 말의 엉덩이를 후려쳤다.

히이이잉!

흑마가 깜짝 놀라 앞발을 치켜들더니 숙영지를 벗어나 미친 듯이 평원으로 질주했다. 권산은 깜짝 놀라서 뛰어내릴까 하다가 뭔가 결심하고는 자세를 낮추고 말 등에 바짝 붙었다. 허벅지와 손을 통해 말의 맥동하는 근육의 움직임이 생생하게 느껴졌다. 어차피 자신은 승마 기술 따윈 모른다. 통제를 하려 해도 필시 되지도 않을 터였다.

'말에게 맡기고 순응하자.'

고삐를 움켜쥔 팔의 힘이 빠져 자연스러워졌고, 반쯤 치켜 세운 상체로 말의 다리를 통해 대지를 박차는 박자가 점차 익숙해졌다.

"워워, 착하지."

꼬박 30분을 달리며 권산은 점차 승마에 적응해 나갔고, 고삐와 발동작을 이리저리 시험하며 말과의 호흡에 익숙해졌다. 권산이 길을 되짚어 숙영지 방향을 잡자 얼마 안 되어 접근하는 원정대의 모습이 보였다. 선두로 누군가 말을 몰아 다가오는 걸 보니 데이비드였다.

권산은 고삐를 틀어쥐고 말을 제자리에서 한 바퀴 돌렸다. 한눈에 보기에도 상당히 익숙한 마상 기술이었다.

'원래 탈 수 있었던 건가?'

데이비드는 내심 깜짝 놀랐다. 이렇게 승마에 익숙해지는 사람은 듣도 보도 못했기 때문이다. 자신만 해도 몇 년을 꼬박 훈련하고서야 기사 소리를 들었다. 차라리 본래 승마를 할 줄 알았고, 그것을 숨겼다는 것이 더 신빙성 있게 느껴졌다.

'정체를 숨기고 모험가 놀이를 즐기는 왕족들도 있다던데 설마 저놈이?'

그렇게 보니 일견 범상치 않아 보였다. 뭔가 이국적인 생김새나 귀티가 흐르는 외모가 남부에서 온 왕족 같기도 했다.

헬하운드를 감각으로 감지했다는 것부터가 믿기지 않는 일 아닌가. 필시 고가의 아티팩트가 있는 것이 분명했다.

'오라, 그러고 보니 제퍼슨 단장은 미리 눈치를 챘군. 그러니 군말 없이 권산에게 말을 내어주라고 한 것일 테지. 이게 그렇게 된 거였구나. 대체 어느 나라의 왕족일까?'

데이비드는 홀로 엉뚱한 오해에 빠져 갑자기 권산에게 정중하게 대하기 시작했다. 말투는 바뀌지 않았지만, 쓸데없이 시비를 걸던 모습은 온데간데없었다. 왕족과 연을 맺어둔다면 두고두고 자신의 앞날에 득이 될 터였다.

"이쪽으로 가지. 권산, 우리가 조금 앞서가자고."

데이비드는 권산과 함께 선두보다 2㎞ 정도 앞서서 말을 몰았다. 붉은 평원에 조금씩 녹색의 이끼들이 보이기 시작하고 땅이 점점 축축하게 변해가는 것이 느껴졌다. 아케론에 들어서고 있는 것이다.

"권산, 너는 어디 출신이지?"

"북부의 개척촌 출신이오."

데이비드는 야릇한 미소를 지었다. 왕국의 변방과 이종족들의 땅 사이에 개척촌이 없는 것은 아니지만, 그곳 출신을 만난다는 게 결코 흔한 일은 아니었다. 일단 개척촌은 몬스터와 이종족으로부터 방어가 쉬운 폐쇄적인 험지에 들어서는 관계로 마을이 완벽한 자급자족의 생태계를 갖추고 있다. 때문에 왕국에서 그 지역 사람을 만나보는 건 정말로 드물었다.

'위장 신분을 그럴듯하게 만들었군. 역시 왕족은 머리가 좋아.'

권산은 데이비드와 말 머리를 나란히 하고 주변을 경계했다. 한두 마디 나누다 보니 처음과 달리 자신을 대하는 태도도 부드럽고 데이비드도 성격이 그리 모난 사람은 아니었다. 귀족 특유의 오만함이 있을 뿐.

"내가 세상 경험이 없어서 이것저것 물어보고 싶은데 괜찮소?"

"그러게나."

"이 세상에서 가장 강한 사람이 누구라 생각하시오?"

데이비드는 누군가를 떠올리는 듯 하늘을 올려보았다.

"참 쉽고도 어려운 질문이군. 6 대 왕국에서 꼽자면 군사 강국인 키프록탄의 모술 레이크 근위단장을 뽑을 수 있겠지. 그는 5 대 군장의 주인이니까. 하지만 제국에도 5 대 군장의 주인이 세 명이나 있지. 그래서 이들 네 명은 우열을 가리기 힘들 거라는 게 기사들 사이에서는 정론으로 통해."

권산은 5 대 군장이 무엇인지 궁금했으나 더 캐묻지 않았다. 상식에 가까운 것을 자꾸 물을 경우 의심을 살 수 있어서였다.

"제국의 시황제와 비교하면 어떻소?"

"리처드 시황제와 비교라… 비교하기도 우습군. 아무리 5 대 군장의 파워가 막강해도 시황제는 신력을 가졌어. 아마 그 네 명이 한꺼번에 달려들어도 절대 이길 수 없을걸."

"역시 그렇군요. 그 전설의 시황제가 살아 있다면 꼭 한번 봤으면 좋았을 텐데 말이오."

"엄청나게 오래전에 죽었으니 보고 싶거든 제국의 수도에 있는 명예의 전당에 찾아가 봐. 실물과 똑같은 청동상이 있다고 들은 것 같군."

권산은 다시금 시황제가 죽었다는 사실을 확인했다. 대체 진실은 무엇일까. 권산은 그의 행방을 제대로 알려면 결국 제국 수도를 찾아가야 할 것이란 예감을 받았다.

그때 권산의 기감에 꽤나 강한 기운이 가까워지는 것이 느껴졌다.

"뭔가 앞쪽에 있소."

"뭐?"

야트막한 언덕을 막 넘어갈 참이라서 앞쪽이 시야 확보가 안 되는 상황이었다. 둘은 말을 멈추고 자세를 낮추며 언덕을 걸어 올라갔다. 언덕 너머는 녹색의 잎사귀를 자랑하는 활엽수 숲이 막 펼쳐지고 있었는데 그 초입에 두 마리(?)의 소머리를 한 인간형 괴물이 거목을 뿌리째 뽑아 어깨에 걸쳐 메고 어슬렁대고 있었다.

“제길, 미노타우로스다. 일단 본대에 합류한다.”

데이비드와 권산은 말에 올라타고 길을 되짚어 붉은 사암 기사단과 합류했다. 데이비드가 제퍼슨에게 보고했다.

“숲의 초입에 미노타우로스 두 마리가 있습니다. 우리가 먼저 발견해서 다행히 주의는 끌지 않았습니다. 여기 권산이 먼저 탐지해 냈죠.”

제퍼슨이 고개를 끄덕였다.

“역시 자네는 탐지력이 아주 좋군. 좋아, 조금 부담스러운 몬스터지만 우리 쪽 전력이 강하니 그대로 돌파한다. 길을 돌아 놈들을 회피해도 어차피 숲의 경계에는 강한 몬스터들이 많은 편이지. 또 다른 놈들이 없을 거란 보장이 없어.”

제퍼슨은 예의 그 언덕에 도착하자 방위병들을 먼저 포진시키며 말과 마차를 지키고 기사단과 모험가들을 모았다.

“대형 몬스터가 두 마리이니 기사단이 한 마리, 모험가들이 한 마리를 맡는다. 몬스터들의 눈에 적광이 깃든 것으로 보아 마력에 물든 모양이니 각별한 주의를 요한다. 싸워본 경험이 있는 모험가도 있겠지만, 미노타우로스는 키가 4미터가 넘어 급소인 목줄기를 따기도 힘들지. 분발해 주기 바란다.”

10명의 기사와 30명의 모험가가 동시에 언덕을 넘어 쏟아져 내려가자 미노타우로스가 괴성을 지르며 고개를 짓쳐들었다. 기사단은 거리가 가까워지자 먼저 투창을 하고 미노타우로스를 포위해 하체를 집중 공격 했다.

모험가 측은 로브를 입은 마법사들이 먼저 원소계 공격 마법을 선제 시전했다. 화염구와 바람의 칼날이 미노타우로스를 태우고 찢었으나 놈의 두꺼운 거죽은 너끈히 마법을 버텨내었다.

크롸롸!

미노타우로스는 한 손에 든 거목을 통째로 휘둘렀고, 엄청난 풍압을 일으키며 모험가들을 쓸어왔다. 너무 앞서서 접근한 모험가 세 명이 동시에 피떡이 되며 허공을 20미터도 넘게 날려갔다. 보나마나 즉사였다.

'C급 괴수와 비슷한 전투력이군.'

일부 모험가들은 미노타우로스의 흉포한 모습에 겁을 집어먹고 도망치는 모습까지 보였다. 미노타우로스의 하체에 마크와 러브레이스 남매가 검을 휘두르자 유효타가 박히며 미노타우로스가 휘청거렸다. 확실히 모험가 중에는 저들 세 명과 장거리에서 머리 쪽으로 바람의 칼날을 쏘아 보내고 있는 로렌 정도만이 봐줄 만한 전투력을 가진 듯했다.

'더 놔두면 인명 피해가 크겠군.'

권산은 무라사키 소검을 뽑아 든 채로 빠른 보법으로 미노타우로스의 가랑이 사이를 지나며 발꿈치 뒤의 아킬레스건과 양팔의 팔꿈치 근맥을 잘라냈다. 인간형 몸을 가졌으니 급소도 비슷할 것이라 생각했고, 그 생각이 맞은 모양이다.

섬뜩한 검기의 섬광이 사라지자 미노타우로스는 고통스러운 울음을 터뜨리며 땅에 머리를 뉘었고, 마지막 목줄기는 마크가 예의 백색 섬광이 깃든 검으로 잘라냈다. 그 순간 미노타우로스의 머리에서 붉은 에너지체가 빠져나오더니 공기 중에 서서히 녹아서 사라졌다.

'뭐지?'

마침 기사들도 거친 전투 끝에 미노타우로스를 죽였고, 장내는 이내 정리되었다. 그쪽 미노타우로스 역시 에너지체가 나타났고, 허공에 흩어지는 현상은 똑같았다.

기사들은 서너 명 부상을 당했지만, 갑옷을 든든하게 입고 있어서인지 중상자는 없었다. 모험가는 세 명 사망에 다섯 명 중상, 열 명이 경상을 당했고, 두 명은 도망쳐 보이지도 않았다.

원정대는 숲의 초입이 아닌 언덕을 넘기 전에 방위병들이 구축한 진지 쪽으로 돌아왔다. 부상자가 많은 관계로 바로 그곳에 야영지를 구축한 것이다. 제퍼슨이 사람 머리통만 한 수정을 마차에서 내려 야영지 중심의 땅에 꽂고 시동어를 외쳤다. 그러자 돌에서 은은한 노란색 빛이 퍼지며 야영지 전체를 감싸 안았고, 느리지만 확실하게 그 영역 안에 있는 사람들의 상처가 치유되기 시작했다.

"아, 살았다. 회복의 룬이다."

"붉은 사암 기사단이 회복의 룬을 가지고 다닌다더니."

권산이 보니 백민주의 치료 능력과 비슷했지만 훨씬 광대역이었고 느리다는 차이점이 있었다. 회복의 룬이라는 것에는 처음 보는 문자가 음각되어 있었는데 아무래도 마법과 관련이 있는 듯 보였다.

'마법으로 치유까지 할 수 있다니 대단하군.'

권산도 피로가 회복됨을 느꼈다. 알면 알수록 마법의 효용이 무궁무진하다는 생각이 들었다.

기사들은 모험가들의 상태를 보고 원정이 어려운 사람을 분류했다. 중상자들은 모두 제외되었다.

"중상을 입은 모험가는 회복의 룬으로 상처를 수습하고 내일 아침에 아그라로 돌아가라. 수고했다."

제퍼슨은 쌀쌀한 어조로 좌중을 향해 말했다. 용기 있게 원정에 나섰지만 부상을 입자 가차 없이 내쳐진 것이다. 권산은 그 모습을 보고 매튜에게 조용히 물었다.

"원정 중에 입은 부상인데 이렇게 아무 보상도 없이 돌아가는 거요?"

"기사단 입장에서는 당연한 일이에요. 괜히 모험가가 위험한 직업이겠습니까. 저자들은 안타깝지만 목숨은 건졌다는 것에 만족하고 다음 기회를 노려야겠죠."

권산은 평민 모험가의 생이란 인생을 걸고 돈을 벌기 위한 도박임을 알았다. 이번 한 번의 원정으로 반년 치 생활비를 벌 수도 있겠지만 부상을 입고 무일푼으로 돌아갈 수도 있는 것이다. 중상자들은 장탄식을 내뱉었으나 순순히 기사들에게 표찰을 반납했다.

그러자 제퍼슨은 자신의 표찰을 꺼내어 그 중심을 길게 눌렀다. 그러자 야영지 내에 있는 모든 원정대의 표찰이 푸른색에서 노란색으로 바뀌었다. 매튜는 아무렇지도 않게 표찰의 꺼내 색상을 확인하더니 다시 품에 집어넣었다.

"도망친 놈들까지 챙겨줄 필요는 없지."

원정대가 최종 목표를 달성하기 전까지 이탈한 인원이 생길 시마다 제퍼슨이 표찰의 색상을 바꿀 것이 분명했다. 보통의 흔한 금속판인 줄 알았더니 일종의 마법적인 옵션이 들어가 있는 모양이다.

일부 인원은 모여서 모닥불에 물을 끓였고, 일부 모험가들은 미노타우로스와 싸운 장소로 다시금 찾아갔다. 죽은 모험가들을 매장해 주기 위해서였다.

권산도 땅을 파고 모험가들을 묻는 것을 도왔다. 어딘가 연고가 있고 친지가 있는 그들이지만, 지금으로선 이것이 최선이었다. 다른 모험가들이 미노타우로스의 뿔을 베어서 챙기는 것이 보였다. 매튜가 그것을 보며 중얼거렸다.

"저 모험가들은 초짜가 분명하군요. 마성화된 몬스터가 죽으면 그 사체는 하루 안에 소멸되는 것을 모르나 봅니다."

"마성화라는 게 무엇이오?"

"아, 모르셨군요. 아까 미노타우로스가 죽을 때 붉은 에너지체가 튀어나오는 것 보셨을 겁니다. 그게 마성 에너지라는 것인데 이 지역에 나타나는 엘릭서의 강대한 마력에 중독된 증거지요. 몬스터는 강한 힘과 지능을 얻지만 극도로 수명이 짧아지고 죽었을 때 사체가 하루 만에 소멸해 버립니다. 앞으로 엘로라 동굴에 이르기까지 마성화된 몬스터를 많이 만나게 될 겁니다."

권산은 새삼스럽게도 완전히 다른 세상에 와 있다는 것이 실감났다.

야영지로 돌아와 클로라가 끓인 물에 육포를 적셔서 불려 먹는데 두 명의 모험가가 다가왔다.

놀랍게도 마크와 로렌이었다.

매튜가 자리를 내어주자 둘은 고개를 끄덕이며 모닥불 주변에 둘러앉았다. 마크가 매튜를 보며 먼저 입을 열었다.

"면식은 있지만 이렇게 말을 해보기는 처음이군, 매튜 러브레이스."

"그래요. 정식으로 인사한 적은 없군요. 이쪽은 내 동생 클로라입니다."

클로라가 고개를 살짝 숙인 뒤 마크와 로렌을 차례로 보며 말했다.

"클로라 러브레이스입니다. 백광의 마크와 풍법사 로렌이시죠?"

로렌은 깊숙이 눌러쓴 로브의 걷어내며 클로라를 마주 보았다.

로브 바깥으로 드러난 그녀의 얼굴은 오랜 모험 끝에 얻은 거친 피부가 눈에 띄었다.

그러나 갸름한 얼굴과 오뚝한 콧날이 타고난 미녀임을 보여주고 있었다.

특히 에메랄드빛 눈동자와 머리카락이 상당히 이지적인 분위기를 만들어내고 있었다.

"네, 그래요. 로렌입니다. 그런데 이쪽은?"

로렌은 권산을 바라보았다. 그들로서는 미노타우로스를 쓰러뜨릴 때 절묘한 검식을 선보인 권산에 대해 아는 바가 없었다. 사실 그 둘이 이 자리에 와 있는 이유이기도 했다.

"권산이라 하오."

"상당한 실력이더군. 좀 전에 미노타우로스의 급소를 베어내던 솜씨 말이야. 사실 마무리는 내가 지었지만 당신이 사냥한 것이나 다름이 없어."

마크의 난데없는 칭찬에 권산은 별다른 말없이 듣고만 있었다.

칭찬만 하자고 이곳에 온 것은 아닐 터였다.

“나와 로렌은 사실 이 원정에 같이 참여했어. 로렌이 먼저 젤란드 마탑의 연락을 받았고, 그다음에 내가 로렌의 제의를 듣고 합류한 거지. 두어 번 몬스터와 붙어보니 이번 원정에 참여한 모험가 중에 쓸 만한 실력을 가진 사람은 여기 세 명 정도라는 게 로렌과 나의 공통된 생각이야. 어때, 우리와 같이 행동하는 것이?”

이번에는 로렌이 입을 열었다.

“그래요. 이번에 마탑에서 감지한 엘릭서는 상급이에요. 상급은 확실히 보통 마력이 아니죠. 상당히 넓은 영역의 몬스터를 마력에 물들일 수 있어요. 마성화된 몬스터는 계속 엘릭서 주변을 맴돌게 되니 앞으로 갈수록 힘들어질 거예요. 그러니 서로 등을 지켜줄 동료는 확실히 정해둬야 할 거예요.”

매튜가 고개를 끄덕였다.

그로서도 확실한 동료를 정해두는 것이 유리한 것이 사실이었다.

모험가들 다수가 모이는 장거리 원정을 하다 보면 이해관계가 맞는 사람끼리 내부적으로 뭉치는 것이 일반적이었다.

“우리로서도 좋습니다. 그러자면 먼저 파티의 서열과 리더를 정하죠.”

매튜의 제안에 따라 먼저 모두는 나이를 공개했다.

"나 마크는 열다섯 살이다."

"저 로렌은 열네 살이에요."

"저 매튜는 열네 살입니다."

"저 클로라는 열세 살이에요."

권산은 무심코 스물여덟 살이라고 말하려다가 급히 입을 닫았다.

'그렇군. 화성의 공전 주기가 지구와 다르니 셈법이 다르구나.'

급히 렌즈 화면을 조작해 이데아를 호출했다.

—화성 공전 주기는 687일이고 지구는 365일이니까 주인의 지구 나이 스물여덟 살은 화성 나이 열다섯 살쯤 돼요.

"나 권산은 열다섯 살이오."

한마디로 마크는 지구 나이로 28세, 로렌과 매튜는 27세, 클로라는 25세쯤 된다는 말이다.

자연스러운 합의를 통해 마크가 파티의 리더가 되었다.

그가 이 바닥에서 쌓은 명성과 경험이 있는 만큼 자연스러운 결론이었다.

"그럼 이번 원정이 끝날 때까지 잘해보자."

마크와 로렌이 개인 짐을 이쪽으로 옮겨 왔고, 자연히 마크의 마법종자도 가까이 다가왔다. 가까이서 봐도 꼭 로봇처럼 보이는 금속의 개가 어떤 원리로 움직이는지 신기하기만 했다. 로렌과 클로라를 중심에 두고 모두가 잠자리를 잡자 로렌은 파티 주변으로 뭔가를 뿌리는 듯한 제스처와 함께 주문을 외웠다.

클로라가 무엇인지 묻자 간단한 섬광트랩 마법을 펼쳤다고 했다. 근방 5미터 안에 누군가 접근하면 강한 섬광이 터져 나오며 적의 시야를 단기간 마비시킬 수 있는 마법이었다.

'마법사란 참 쓸모가 많군.'

권산은 로렌이 자리에 돌아오자 궁금하던 것을 물어보았다. 마법사와 동료가 되었으니 좋은 기회가 생긴 것이다.

"마법에 관해 좀 물어볼 수 있겠소?"

"그래요. 하지만 마법에는 등가교환의 법칙이라는 게 있죠. 그러니 나도 궁금한 걸 좀 물어봐도 되죠?"

"물론이오. 먼저 마법이란 것의 역사에 대해 좀 물을 수 있겠소? 난 마법이 오래전 엘프에게서 건너온 학문이라는 것 정도만 알고 있소."

"당신 같은 검사들은 그런 것을 잘 궁금해하지 않는데 보기보다 학구적이시군요. 정말 제대로 설명하려면 며칠이 걸릴 수도 있으니 나름대로 줄여서 말해볼게요. 마법의 역사를 말하자면 먼저 엘프의 역사를 말하지 않을 수가 없어요. 잘 들으세요."

로렌은 마법사라서 그런지 언변이 탁월했다. 어려울 수 있는 부분도 막힘없이 조리 있게 30분 정도 하는 설명을 들으니 그동안 궁금하던 여러 가지가 막힘없이 이해되었다.

[마법과 엘프의 역사]

엘프의 학문이자 기술인 마법은 그 기원을 알 수 없을 만큼 오랫동안 엘프 사이에서 전승되었다. 마법을 정의하자면 우주를 가득 채우고 있지만 다른 물질과 반응하지 않는 마나라는 에너지를 주문을 통해 증폭된 정신파를 통해 물질계로 끌어들인 뒤 술식에 맞는 의도대로 물질계와 마찰시키는 기술이었다.

그들의 고향은 본래 알프하임으로 태양계의 아홉 세계 중 다섯 번째에 위치한 목성이 그곳이다. 목성의 대적점에는 우주에서 가장 신비하고 강력하며 무한한 마력의 원천인 나무가 한 그루 있었는데 세계 전체에 뿌리를 박을 만큼의 장대한 크기와 우주에 가지를 드리울 정도의 높이로 자라나 있었다. 그 나무는 세계수 이그드라실이라 불렸다.

엘프들은 세계수가 맺는 열매를 엘릭서라 불렀고, 엘릭서의 본질이 우주에 가득 퍼진 마나가 세계수의 몸을 빌려 초고밀도로 정제된 것임을 알았다. 엘프들은 마법 학문과 엘릭서의 무궁무진한 마력을 활용하여 알프하임에 찬란한 마법 문명을 건설했다.

그렇게 수 세기 동안 알프하임은 천국 그 자체였다.

모든 것이 이상적이고 완벽한 사회 시스템이 완성되자 5백 년의 수명을 가진 엘프들은 삶의 목적을 잃어버렸고, 그들 사이에 정체를 알 수 없는 괴질이 돌기 시작했다. 그것은 정신적인 병으로 삶의 비전이 없고 미래를 위한 활력이 사라질 때 육체가 스스로 활동을 멈추는 불치병이었다. 그 어떤 마법도 그 병을 치료하지 못하자 마법 문명의 수장인 하이엘프들은 특단의 결정을 내린다.

바로 삶에 자극을 주는 유희를 제공하는 것이었다. 이를 위해 유희의 장소가 필요했고, 가장 가까운 행성인 화성으로 결정되었다. 수명이 다한 수백 명의 위대한 하이엘프들의 두뇌를 모아 집단 지성체인 '미미르'를 만들어내었고, 미미르는 세계수의 마력을 동력원으로 우주 거리를 뛰어넘어 화성의 아케론 지역을 창조해 들어갔다.

마침내 '작업'이 끝나자 아케론 지역에 하나둘 엘프들이 모습을 드러내었다. 괴질에 걸린 수만 명의 엘프들이 미미르에 의해 유희거리가 준비된 화성에 나타난 것이다. 그러나 그들의 육신 자체가 우주 거리를 뛰어넘어 직접 목성에서 화성으로 넘어온 것은 아니었다.

엘프들이 목성에서 자신의 마법 캡슐에 들어가 몸을 눕히면 그 정신체가 미미르의 집단 지성에 접속하게 되고, 미미르는 정신체를 화성의 아케론 지역에 마법으로 만들어낸 아바타 육신에 집어넣고 링크를 연결시킨다.

엘프들은 새로운 세상인 화성에서 자신의 분신을 얻은 것이다. 미미르는 엘프들의 유희거리를 만들어내기 위해 세계수의 열매인 엘릭서에 갖가지 명령을 담아 화성으로 전송했다. 엘릭서는 아케론 이곳저곳에 무작위로 등장하며 화성의 토착종인 몬스터를 마력으로 물들이거나 자연 물질을 합성해 엘리멘탈과 골렘을 만들어 엘프들의 사냥감을 만들어냈다. 엘프들은 엘릭서의 마력이 깃든 몬스터를 제거할 때마다 허공으로 튀어나오는 붉은 마성 에너지를 아바타로 흡수하고 더 강한 존재로 거듭난다. 이것이 미미르가 만든 유희 시스템이며, 화성에 엘프가 존재하는 이유였다.

이것이 무려 70년 전에 화성에서 벌어진 역사였다. 그 무렵 아케론 지역 외부 세상에 대해 궁금해한 프리야라는 엘프가 인간의 지역인 타르시스 지역으로 넘어왔고, 후일 '마법의 조종 자비에'라 불리는 인간 소년을 만나게 된다.

자비에의 영특함이 마음에 든 프리야는 그가 장성할 때까지 마법을 가르쳤고, 자비에는 엘프들이 100년에 걸쳐 이룩하는 수준인 6서클을 20년 만에 성취한다. 자비에의 천재성이 빛을 발한 것이다. 자비에는 프리야가 아케론으로 떠난 뒤에도 꾸준히 마법을 수련하고 엘릭서의 활용에 대해 연구하며 제자를 받았는데 이것이 마탑의 탄생이라고 할 수 있었다. 솔 제국과 6 대 왕국의 수도에 총 7개의 마탑이 있었는데 모두 자비에의 제자들이 학파에 따라 나뉘며 자리 잡은 결과였다.

"그렇군. 정말 도움이 되었소."

권산은 진심으로 고마움을 느꼈다. 그녀 덕에 마법과 엘프에 대한 정보가 일시에 해소된 것이다.

"그럼 이제 제 차례인가요? 소검에 대체 무슨 마법이 걸려 있는 거죠? 미노타우로스의 급소를 벨 때 번쩍이는 섬광을 본 것 같은데 도무지 제가 아는 마법은 아닌 것 같아서요."

아무래도 그녀는 검기를 본 듯했다. 이 세상에는 이능력자가 없다. 지구처럼 이능력으로 둔갑할 수도 없고, 마법사인 그녀에게 마법이라고 속일 수도 없었다. 권산은 그저 사실대로 말하기로 했다.

"마법은 아니오. 그저 내 몸속에 있는 에너지를 검에 주입에 날카롭게 뿜어낸 것이오. 그러면 제아무리 단단한 물체도 벨 수 있소."

"그게 가능해요? 개념만 들으면 소드마스터의 포스와 비슷한데 설마 그건 아닐 테고… 일례로 서기 마크는 샤프니스 소드를 가지고 있고, 러브레이스 남매는 오거파워 소드를 가지고 있죠. 저는 권산의 검도 그런 검일 거라 생각했어요."

권산은 빙긋 웃었다.

"내가 살던 개척촌에서는 마법사가 없어서 내게는 마법이 훨씬 더 신비롭소."

"과찬이세요."

로렌은 권산의 몸속 에너지의 정체에 대해 물었다. 처음부터 타고나는 것인지, 아니면 외부에서 흡수하는 것인지에 대해서였다.

"모든 생명체는 선천적으로 이 에너지를 조금씩 가지고 태어나게 되오. 이 에너지를 나는 기(氣)라고 부릅니다. 하지만 외부로 발현해서 전투에 사용할 정도가 되려면 대자연에 퍼져 있는 기를 수십 년간의 수련을 통해 몸에 받아들여 정제해야 하오."

로렌이 고개를 끄덕였다. 일견 이해가 가는 대목이었다.

"마법사들도 명상을 통해 자연의 마나를 흡수해 심장 주변에 마력 서클을 만들죠. 어쩌면 권산의 기술은 신진 학파로 볼 수 있는 다른 계통의 마법 정도로 생각할 수 있겠군요. 또 그 기라는 것이 마나와 상당히 유사해 보이는군요. 4서클밖에 안 된 내가 속단하기는 그렇지만 사람의 정신파에 반응하는 에너지라면 역시 마나밖에는 없어요."

권산이 생각하기에도 기와 마나는 동일한 개념으로 보였다.

그렇다면 마법과 기공은 본질적인 부분에서 상당히 유사한 매커니즘을 가지고 있을 것이다. 권산은 자리에 눕기 전 마지막으로 로렌에게 질문했다.

"혹시 5 대 군장이라는 게 무엇인지 아시오?"

"무척 유명한 아티팩트인데 모르세요? 기사라면 누구든 꿈꾸는 최고의 마법 갑옷이죠. 드워프들이 이 세계에 가져온 마법 아이템 중 가장 강력한 물건들이에요. 그 군장을 입기만 하면 왕국 제일의 기사가 된 것이나 다름없을 정도로 힘과 스피드가 강해지고, 명령어만으로 5서클 이하 마법을 구현할 수 있으며, 각 군장마다 가지각색의 궁극기[Ultimate skill]를 펼칠 수 있어요."

듣기만 해도 어마어마한 아이템이 아닐 수 없었다. 단순히 군장을 입기만 해도 왕국 제일의 기사가 될 정도라니.

"검을 쥐어보지도 않은 사람이 군장을 입기만 해도 최고 수준의 검사가 된다는 것이오?"

로렌은 고개를 저었다.

"그건 너무 극단적인 비유지만 아주 틀린 말은 아니에요. 보통 사람이라도 군장을 입고 군장을 이용한 전투 기술에 능숙해지기만 한다면 사실 어지간한 기사는 상대가 안 되죠. 차원이 다른 힘과 스피드를 가졌으니까요. 다만 그런 아티팩트들은 자아가 있어서 수준 미달인 사람이 자신을 착용했을 때는 아예 군장의 효과가 없어져 버려요. 그런 데다 군장을 작동시키려면 수시로 엘릭서를 보충해 줘야 해요. 대귀족이 아니고서는 유지비 때문에 집안이 거덜 날 걸요. 저기 마크도 마법종자의 마나 베슬에 주기적으로 엘릭서를 보충해 주느라 허리가 휘는 것으로 알아요."

"늦은 밤 붙잡아서 미안하오. 자고 내일 봅시다."

권산은 새로이 습득한 정보를 정리해 이데아를 통해 지구로 전송했다. 특히 마법과 엘프에 관한 역사는 여러모로 놀라운 바가 있어서 지구에서도 관심 있게 검토할 것이다.

14장
엘로라 동굴

권산은 데이비드와 함께 첨병을 맡아 숲의 길을 뚫었다. 동시에 숨어 있는 몬스터를 감지해서 더욱 제퍼슨의 신임을 받았다. 시야가 제한된 이 밀림에서 권산의 기감은 실로 훌륭한 무기였다.

소규모 몬스터 무리는 최소한의 방위병들이 처리했고, 대규모의 무리를 만나면 파티로 돌아와 마크와 로렌, 러브레이스 남매와 함께 진영을 갖추고 싸움에 들어갔다.

그렇게 이틀을 더 숲의 비탈길을 타고 오르자 원정대의 앞에 거대하게 허공을 향해 입을 벌린 검은 동굴 입구가 모습을 드러내었다.

데이비드가 이마에 흐르는 땀을 닦으며 중얼거렸다.

"드디어 도착했군. 엘로라 동굴이다."

주변을 한 바퀴 돌며 몬스터의 흔적이 없는 것을 확인하고 다시 입구로 돌아오니 원정대 본진이 도착해 있었다. 약간의 휴식을 취한 뒤 제퍼슨의 명령하에 원정대는 엘로라 동굴로 진입을 시작했다.

"방위병들은 모두 입구에 남아서 진지를 구축하고 말을 지켜. 혹시 우리가 내부에서 쫓겨 나올 때 괜히 몬스터 떼가 입구를 틀어막고 있으면 전후 협공당해 꼼짝없이 다 죽으니까 말이야. 기사들은 후미로 빠지고 이번에는 모험가들이 앞장선다."

모험가의 수는 많이 줄어 있었다. 아그라 요새를 출발할 때만 해도 30명이었는데 지금에 와서는 10명 정도로 줄어 있었다. 몬스터와의 전투에서 변변한 방어구도 없이 맞부딪친 모험가들이 많은 결과였다. 운이 좋다면 그나마 살아서 돌아갔고, 운이 없었다면 땅속에 있을 터였다.

권산이 소검을 뽑고 앞장서려 할 때 로렌이 그를 만류했다.

"기다려요, 권산. 탐지력이 좋은 건 알지만 이번에는 내가 할게요."

로렌은 뭔가 알 수 없는 주문을 영창하더니 양 손바닥을 위로 내밀며 명령어를 외쳤다.

"윈드볼."

그녀의 손에서 바람에 휩싸인 구체가 나타나더니 동굴 속으로 쏘아졌다. 구체는 벽을 만나면 공처럼 튕기며 동굴 속으로 한참을 튀어 들어갔다. 로렌은 윈드볼이 사방의 벽에 뿌리는 기류의 변화를 감지하기 위해 한 번 더 마법을 펼쳤다.

"윈드레이더."

그녀의 머릿속으로 완만하게 경사지며 땅속으로 들어가는 동굴의 지형도가 그려졌다. 갈림길이 중간중간에 있었지만 한 개의 윈드볼로는 모든 경로를 파악할 수 없었다.

"100m까지는 몬스터가 없어요. 들어가요."

과연 풍법사라 불릴 만한 마법 연계였다. 모험가들은 횃불을 들었고, 기사들은 자신의 검에 대고 뭔가를 영창하자 검신이 은은한 노란색 빛으로 변하며 어둠을 밀어내었다. 기사들의 검도 일종의 마법검인 듯했다.

로렌과 다른 모험 법사가 띄운 라이팅볼을 보니 권산은 과거 정부 미션을 수행했을 당시가 생각났다. 그때 강원도에서 개미 둥지를 파괴하기 위해 이처럼 어두운 동굴로 진입했고, 그때 카메라맨으로 따라붙은 유재광의 광원 생성 이능력이 유용하게 쓰였었다.

'그러고 보면 화성에서도 나는 레이드를 하고 있었군.'

권산의 시야에 보이는 장면이 렌즈 화면으로 모든 것이 녹화가 되고 있긴 했으나 렌즈 영상은 그다지 해상도가 높지 않았다. 제대로 된 카메라로 제3자의 각도로 구도를 잡아 찍는 것은 또 다른 맛이 있었다.

'나도 방송에 맛이 들렸나.'

지구인의 화성 여행기가 실제로 방송국에서 방영한다면 어떨까 하는 생각이 들었다. 화성 이주가 필요한 사람들에게 화성이 어떤 곳인지 확실하게 설명하자면 매스컴만큼 빠르고 강한 수단은 없었다. 그러나 작위적인 리얼리티 쇼가 아닌 바에야 일반인이 카메라맨을 대동하고 몬스터와 싸울 수는 없었다.

'마법종자는 항상 주인을 따라다니니 마법종자에 카메라를 붙이고 항상 나를 보게 하면 되지 않을까.'

일종의 촬영용 드론을 생각한 것이다. 그런대로 괜찮은 아이디어가 나올 것 같았다. 권산은 동굴 진입 후 100m가 지나자 생각을 접고 동굴 탐험에 집중했다.

'뭔가 음산한 기운이 느껴지는데.'

로렌은 계속 몬스터가 없다는 신호를 보내왔지만, 권산의 기감에서는 이질적인 무엇인가가 접근하는 것이 느껴졌다.

"뭔가 온다."

권산은 모험가 무리의 앞을 가로막으며 소검을 뽑았다. 로렌이 라이팅볼을 하나 더 생성해 앞쪽으로 쏘자 유령과 같이 흐릿한 여자의 형체가 치렁치렁한 옷깃을 나풀대며 허공을 날아오는 것이 보였다.

"밴시다! 마법 무기가 없으면 뒤로 빠져."

밴시는 하나가 아니었다. 물경 30마리가 넘어 보이는 유령이 우는 소리 비슷한 으스스한 곡성을 내며 동굴을 가득 채우고 날아들었다.

과연 비물질계 몬스터답게 윈드레이더에 걸리지 않았고, 불시에 기습당했다면 큰 피해를 볼 법한 상황이었다. 마법검을 가진 것은 마크와 러브레이스 남매뿐이었지만 로렌과 두 명의 모험 법사는 타격을 주기 위해 주문을 영창했다.

"파이어볼."

"썬더볼트."

"윈드캐논."

마법에 적중당한 밴시 서너 마리가 비명과 함께 소멸했고, 마크의 샤프니스 소드와 매튜, 클로라의 오거파워 소드가 밴시 무리를 향해 거침없이 휘둘러졌다.

권산도 가슴을 뚫을 듯 거친 기세로 밴시가 날아들자 살짝 몸을 뒤틀고 밴시의 목을 그대로 내려쳤다.

'일단 기공을 안 쓰고…….'

검에 내공을 싣지 않고 내리긋자 과연 검은 밴시의 몸을 그대로 통과하며 아무런 타격을 주지 못했고, 바로 내공을 주입해 검기로 베자 밴시는 비명을 지르며 소멸했다. 밴시가 소멸된 자리에는 예의 마성 에너지가 남아서 잠시 허공에 머물다가 사라졌다.

'검기에는 타격을 입는군.'

물리적인 공격이 먹히지 않는 데 밴시의 무서움이 있는 것이지 몬스터의 생명력은 약한 편이었다.

마법검이 없는 모험가 중 일부가 밴시의 습격을 받았고, 밴시가 휘두른 손톱이 몸이 닿자 한기가 들린 사람처럼 안색이 창백해지며 급격히 움직임이 느려졌다.

'독이구나.'

밴시의 손톱은 마법 갑옷이 아니고서는 무조건 투과되었다. 권산은 최대한 회피 동작을 취하며 연거푸 검을 뿌렸고, 열 마리의 밴시를 해치울 수 있었다.

"클로라, 정신 차려!"

뒤늦게 합류한 기사들의 도움으로 밴시들이 정리되자 장내는 밴시의 독에 중독된 모험가들의 신음성만이 들려왔다. 그 가운데는 클로라도 있었다.

"큐어 포이즌."

모험 법사들이 2써클 큐어 포이즌을 시전했으나 마법 레벨이 낮아서인지 쉽게 해독이 되지 않았다. 클로라 역시 로렌의 마법에도 정신을 차리지 못했다.

"로렌, 어떻게든 해주세요."

매튜가 다급하게 애원했으나 로렌은 이미 전투에 마력을 소진하여 더 마법을 쓸 기운이 없었다.

"더는 무리예요, 매튜."

물질적인 독이라면 해독제 몇 가지를 가져왔으나 설마 그 드문 밴시가 나타나리라곤 예상하지 못한 것이 패착이었다.

"내가 한번 해보지."

지켜보던 권산이 클로아의 완맥을 잡고 내기를 불어넣었다. 그녀의 혈맥에 음기가 들어차 기의 교통을 막고 있는 것이 느껴졌고, 따라서 양기를 주입해 폐쇄된 혈도를 중화시켜 가며 음기를 해소했다.

"하아!"

클로라의 터져 나오는 숨결과 함께 푸른 기운이 몸 밖으로 빠져나왔다. 그러자 확연히 혈색이 좋아지며 곧 정신을 찾았다.

"내가 기절했었나요?"

클로라가 깨어나자 매튜는 크게 기뻐했다. 권산은 다른 모험가들에게도 같은 방법으로 기공 치료를 했고, 모두가 큰 무리 없이 깨어났다.

로렌이 다가와 감탄한 얼굴로 말했다.

"밴시의 독은 무척 지독해 5서클 퓨리피케이션(purification) 마법이 아니고서는 이렇게 즉각 해독이 되지 않는데 정말 대단해요, 권산."

"별것 아니오."

모험가들이 지치자 제퍼슨이 선발과 후발의 진영을 뒤바꾸었다. 기사들이 전면에 나서며 동굴 탐험을 개시했고, 지하의 첫 번째 막다른 길을 만났을 때 천장에 매달려 있던 세 마리의 몬스터가 기습했다.

"블러드뱃이다."

"실드 앞으로."

다섯 명의 기사가 방패를 맞대며 실드 주문을 영창하자 방패들이 공명하며 사각형의 투명한 실드가 전면을 통째로 틀어막았다.

카칵! 쿠쿵!

생성된 실드에 블러드뱃이 충돌해 오자 실드는 거칠게 진동하며 공격을 막아내었다. 블러드뱃은 키가 2미터에 날개폭은 3미터에 이르는 박쥐형 몬스터였는데 두 눈에 적광이 가득했고, 칼날 같은 발톱에 핏물 같은 액체가 뚝뚝 떨어지는 것이 보통 사나워 보이는 게 아니었다.

블러드뱃이 실드에 막혀 날아오르자 후미의 기사 다섯이 허리춤의 손도끼를 뽑아 던졌고, 두 마리의 블러드뱃이 날개가 찢기며 허공에서 허우적대었다. 그때 동족의 몸을 방패 삼아 도끼를 피한 블러드뱃 한 마리가 동굴 천장을 박차며 실드의 범위 너머로 날아들었다.

"피해, 데이비드!"

"칫!"

데이비드는 힘껏 몸을 날렸으나 한 박자 느린 타이밍임을 스스로가 알고 있었다. 블러드뱃의 독에 중독되면 혼수상태에 빠져서 운이 나쁘면 영원이 깨어나지 못할 수도 있다고 들었다. 절체절명의 위기인 것이다.

권산은 혹시나 하는 마음에 내공을 끌어 올리고 싸움을 지켜보다가 데이비드가 위기에 빠지자 준비한 초식을 발출했다.

'초살참.'

5m 크기의 푸른 초승달 검기가 허공을 갈랐고, 공간이 나뉜 듯한 호쾌한 베기 너머로 몸통이 반으로 잘린 블러드뱃이 바닥으로 추락하는 것이 보였다.

쿵! 쿵!

"권산, 대체 어떻게 한 거야?"

데이비드가 다가와 호들갑을 떨었다. 기사단이 추락한 블러드뱃 두 마리를 정리하자 제퍼슨도 다가와서 물었다.

"그건 필시 오러블레이드였어. 자네가 소드마스터인 줄 몰랐군, 권산. 그 검은 필시 오리하르콘 검이겠군."

권산은 검기와 오러블레이드가 비슷한 뜻으로 통용되는 것인가 짐작하며 고개를 끄덕였다.

"그렇습니다."

"대단한 검사를 대우하지 못했군. 당장 이번 레이드가 끝나면 젤란드 왕궁에 자네를 천거해서 백작의 작위를 받게 해줄 수 있네."

'소드마스터라는 게 대단한 모양이군.'

권산은 일단 고개를 저었다.

"저는 개척촌에서 세상에 나온 지 얼마 안 되어 물정 파악을 하는 게 먼저입니다. 생각해 보고 나중에 말씀드리죠."

"그러게나."

데이비드의 권산을 보는 눈이 게슴츠레 변했다.

'오리하르콘 검을 가진 개척촌 출신의 초짜 검사라… 믿을 걸 믿으라고 해야지. 역시 타국의 왕족이 틀림없어. 어릴 때부터 체계적으로 검술을 익혔겠지. 제퍼슨 단장의 연기도 제법이군. 다 알면서 티를 안 내려고 저렇게 말하다니.'

막다른 길을 맞이한 원정대는 갈림길까지 되돌아와 다른 통로로 다시 들어갔다. 얼마나 파고들었을까, 동굴 진입 후 두 시간가량 경과했을 때 공간이 확연히 넓어지며 사방의 벽에 수정이 박힌 홀이 나타났다.

"다 왔다. 수정의 방이다."

누군가의 외침을 듣고 권산이 매튜에게 묻자 매튜가 간단히 답변했다.

"엘릭서가 나타나면 그 인근에 수정이 자라납니다. 엘릭서가 자신의 마력을 완전히 소진하고 사라지면 수정도 채굴할 수 있는 광물이 되지만 누군가 활성화된 엘릭서를 중간에 채취해 버리면 수정은 다 소멸되지요. 왜인지는 아무도 모르지만요."

수정은 원정대가 만들어낸 불빛을 반사해서 홀 전체에 불을 밝혔다. 그러자 홀의 중심에서 미약한 푸른빛을 내며 허공에 떠 있는 구체가 환하게 보였다.

엘릭서는 직경 1미터의 크기를 가진 일종의 플라즈마와 같은 형체였는데 스스로 자전하며 표면이 끓어오르니 마치 푸른 태양이 부유하는 듯한 모습이었다.

제퍼슨이 엘릭서 인근에 세 개의 룬석을 배치하며 외쳤다.

"이제부터 봉인의 룬을 가동한다. 상급이니 5분만 버티면 돼. 그럼 분전해 주길 바란다."

봉인의 룬에 시동어를 외치자 세 개의 룬에서 노란색 빛이 쏘아지며 엘릭서를 감쌌다. 치치직 하는 소음과 함께 엘릭서는 생명을 가진 듯 저항했고, 봉인의 룬은 더욱더 기세를 올리며 엘릭서를 압축해 들어갔다. 그러자 엘릭서에서 푸른 기운이 사방의 동굴 벽에 쏘아졌고, 그러자 암석과 모래, 수정

등을 재료로 하는 골렘 다섯 마리가 마구 합성되며 일어섰다.

"방어선을 지켜!"

기사들은 원진을 구축한 채 글라디우스로 봉인의 룬을 방어했다. 그러나 마크가 마법 갑옷을 입은 채로 크게 외쳤다.

"우리는 골렘의 뒤를 잡는다! 로렌은 원진에 남고 나머지는 나를 따라와!"

로렌은 다른 모험 법사들과 함께 방어 마법을 전개하며 원진을 엄호했고, 마크와 매튜, 권산이 홀의 외곽을 크게 돌며 골렘을 공격했다. 골렘은 인간형이 셋, 동물형이 둘이었는데 가장 처음 마주친 것은 주재료가 암석으로 된 스톤골렘이었다. 키는 3m급으로 4m인 미노타우로스보다 작았으나 육중한 몸체에서 뿜어지는 위압감이 대단했다.

"권산 네가 가장 공격력이 높으니 스트라이커를 해줘. 나와 매튜는 시선을 교란하며 하체를 공격한다. 찌르기 위주로 골렘의 핵을 찾아서 파괴해."

"잠깐, 찌르기보다 더 나은 게 있지."

권산은 소검을 검집에 넣고 골렘의 흉부를 주먹으로 공격했다. 아무래도 스톤골렘에는 핵이라는 게 있는 모양인데 전체가 마법으로 이루어진 생명이다 보니 기감으로는 핵의 위치를 알 수가 없었다.

'파옥권.'

스톤골렘이 아무리 단단한 재질로 이루어졌다 해도 파옥권이라면 그 장갑을 무리 없이 파괴할 수 있다. 겉을 깨부수다 보면 핵의 위치를 육안으로 볼 수 있을 것이라는 게 권산의 생각이었다.

쾅! 쾅! 쾅!

흉부와 복부, 등과 팔이 연속으로 파옥권의 전사경에 걸려 터져 나가자 골렘의 목 인근에 푸른빛이 어른거리는 다른 재질의 돌이 눈에 들어왔다. 골렘이 휘두르는 팔을 승천각의 수법으로 몸을 뒤집으며 피하고 핵을 향해 퇴법을 전개했다.

핵이 파괴되자 골렘은 무릎을 꿇으며 수백 개의 암석으로 부스러졌다. 동시에 어두운 색상의 마성 에너지가 잠시 허공에 머물다가 사라졌다.

"됐다. 다음 목표는 저 샌드골렘이다."

다른 모험가들은 그 샌드골렘을 상대하며 사상자가 발생한 상태였다. 샌드골렘은 사자와 같은 외형을 지닌 사족보행의 형태였는데 길이가 3m에 어깨 높이가 2m나 되는데도 몹시 민첩하게 움직였다. 마크가 싸우고 있는 모험가들을 향해 외쳤다.

"다쳤으면 뒤로 빠져!"

모험가들이 겨우 몸을 빼내자 마크가 품에서 스크롤을 하나 빼며 찢었다.

"파이어 인챈트 스크롤이다. 모두 무기에 가져다 대!"

스크롤이 찢어지며 나타난 불길에 마크와 매튜, 클로라가 검을 집어넣자 권산도 얼른 소검을 집어넣었다. 스크롤이 만들어낸 불의 속성이 검으로 옮겨가며 일행의 검이 활활 타오르는 마법의 불길에 휩싸였다. 맹렬한 불꽃이었지만 연기가 나지 않는 것은 가연물을 필요로 하는 실제의 불과 다른 점이었다.

"샌드골렘은 아주 까다롭지. 핵이 아주 작고 몸속에서 이동하거든. 화계 마법을 무기에 인챈트하고 몸통을 조금씩 잘라내는 게 제일 효율적이다."

마크는 샌드골렘의 오른발을 잘라내고 급히 뒤로 몸을 뺐다. 매튜와 클로라도 발을 하나씩 맡고 검을 휘둘렀다. 불에 닿은 모래가 딱딱하게 경화되며 몸에서 깨져 나갔고, 골렘의 움직임이 급격히 느려졌다. 권산이 목을 잘라냈지만 핵이 건재한 것인지 몸이 꿈틀거리며 잘라낸 사지와 머리를 복구하려 했다.

"계속 잘라."

난도질 중에 기운이 다한 것인지 핵이 걸린 것인지 모르겠지만 샌드골렘의 움직임이 멎었다.

"죽었다. 원진으로 돌아간다. 시간이 거의 되었어."

마크의 명령에 모두는 3마리의 수정골렘을 무시하고 원진

내부로 들어갔다. 시의적절하게 로렌이 실드를 거두어서 통로를 만들어주었다.

쾅쾅쾅!

실드를 두드리는 골렘의 파워에 기사들이 기진맥진하며 겨우 진영을 유지하고 있었으나 제퍼슨에 명령에 따라 절대 반격은 하지 않고 진영을 유지했다.

마침내 5분이 경과하자 엘릭서는 급격히 압축되며 푸른색 다이아몬드와 같이 딱딱한 보석으로 변해 땅에 떨어졌다. 엘릭서가 내뿜던 강렬한 마나 파장은 사그라들었고, 수정골렘은 갑자기 움직임을 멈추고 가루로 부스러졌다.

제퍼슨이 검을 치켜들며 소리쳤다.

"상급 엘릭서 획득 성공이다! 모두 고생했다!"

*　　　*　　　*

아그라 마을에 도착한 건 그로부터 5일 뒤였다. 아케론 지역을 빠져나오는 데 몬스터와 약간의 접촉이 있었으나 가장 우려하던 엘프들과의 충돌은 다행히 없었다.

매튜의 말로 엘릭서 획득 후에 가장 조심해야 할 점은 엘프 전사와의 충돌이었는데 그들은 자신의 지역에 넘어와 엘릭서를 채취해 가는 인간들을 약탈자로 보고 철저하게 응징하기 때문이라 했다.

아그라 요새에서 이번 원정의 보상인 1만 플로린의 보상을 받았다. 1천 플로린 코인을 열 개 받았는데 은 재질로 되어 있었다.

'금속의 재질에 차등을 두는 방식이로군. 더 높은 단위의 돈은 아마도 황금이겠지.'

권산은 보상을 받은 뒤 제퍼슨의 호출로 그와 독대하는 자리를 가졌다.

"이번 원정에서 아주 잘해주었네. 내 한 가지 물어봐도 되겠나?"

"그러시죠."

"우리 붉은 사암 기사단원들 사이에 자네가 타국의 왕족이라는 소문이 돌았네. 아티팩트도 제법 가지고 있는 것 같고, 소드마스터만이 다룰 수 있는 오리하르콘 소드도 가지고 있는 것 같으니 말이야. 정말 타국의 왕족인가?"

권산은 고개를 저었다. 그런 오해를 하고 있는 줄은 몰랐다. 사실 아티팩트는커녕 마법과 관련된 어떠한 장비도 없는데 그들에게는 이질적인 기공의 공능 덕에 이런 오해를 샀으리라.

"오호, 그럼 역시 우리와 함께 수도로 가세. 자네의 실력이면 나와 같은 백작의 반열에 오르는 건 쉽다네. 백작이 되면 자네의 영지를 가질 수도 있지. 내 직접 왕실에 자네를 천거하겠네. 어떤가?"

젤란드는 양자 터널에서 가장 가까운 인간의 왕국이었다. 그런 곳에 작위를 받고 영지를 갖게 된다면 앞으로 화성에서 일을 도모하는 데 실질적인 발판이 돼줄 것이 분명했다.

다만 득이 있으면 실이 있을 터. 제퍼슨에게 실이 무엇인지 물어봐야 올바른 답이 들려올 리 만무했다. 그는 자신을 왕실에 천거하길 원하는 쪽이기 때문이다.

'역시 내가 직접 알아보는 수밖에.'

권산은 진지한 낯으로 제퍼슨을 마주 보았다.

"호의에 감사드립니다. 이대로 기사단과 함께 수도로 들어가 왕궁에 들어가고 싶지만, 실은 어딘가 들를 곳이 있습니다. 제가 일을 마치는 대로 수도로 찾아가 단장님을 찾아뵈어도 되겠습니까?"

"그렇게 하게나. 일을 보고 천천히 오게."

제퍼슨은 권산의 답변을 긍정으로 인식했다. 소드마스터를 자신의 사람으로 만들 수 있다면 천거가 아니라 천거 할아비라도 해줄 수 있는 것이 본심이었다. 붉은 사암 기사단이 크게 성장하자면 인재 영입이 필수였다. 권산을 기사단에 받아들여 적당히 융화시킨 뒤 부단장으로 만들면 젤란드 최강의 기사단도 꿈만은 아닐 터였다.

독대를 마친 권산은 마크와 로렌, 러브레이스 남매에게 이별을 통보했다. 그들은 수도로 돌아간다 했고, 권산에게 같이 가자고 제의했지만 권산은 일단 거절했다.

"수도로 가면 모험가 길드에 와서 나 마크를 찾아라."

"마탑에 소식을 남기면 저와 연락이 닿을 거예요."

"수도의 러브레이스 남작가 저택에 오시면 우리를 만나실 수 있습니다. 꼭 들러주십시오."

그들과 헤어진 권산은 아그라의 휴식에서 하루를 묵은 뒤 다음 날 식량을 보충하고 아그라 마을을 나섰다.

방위는 북서쪽. 양자 터널이 있는 숙영지 방향이었다.

15장
위대한 발자취 I

권산은 아그라 마을로 정찰을 떠난 지 한 달 만에 숙영지로 복귀했다. 그간 숙영지는 건축가들이 설계한 대로 착착 건설이 진행되어 90% 이상 공정이 진행되어 있었다. 지금 이 순간에도 양자 터널을 통해 계속 건축 자재가 넘어오고 있었다.

설계안의 요점은 분지와 같이 폐쇄된 지형 전체에 돔 형태의 지붕을 씌워 숙영지를 일종의 지하 공간화시키는 것이다. 그렇게 되면 숙영지가 날씨에 영향을 받지 않게 되고 양자 터널을 은폐시키는 효과가 있었다.

"오셨군요, 대장. 정찰 일지를 잘 정리해 보내주셔서 다들 잘 봤습니다. 화성은 정말 기상천외한 것투성이군요."

"그래, 강철중. 너도 저쪽 세계에 가보면 정말 재밌는 일이 많을 거야. 영어 공부는 좀 하고 있나?"

"아, 그게 저……."

"진광과 투견도 열심히 해봐. 영어가 안 되면 현지인들과 섞이기 힘들겠더군."

진광과 투견도 갑자기 벙어리가 된 듯 입을 닫았다.

"저녁에 회의가 있으니 셋은 참석해."

사령부 건물 대회의실에 아르고 용병단의 부단장 세 명과 미나, 그리고 김요한과 민지혜가 둘러앉았다. 김요한과 민지혜는 권산의 요청으로 양자 터널에 넘어와 같이 회의에 참석했다.

"다들 제 정찰 일지를 보셨을 겁니다. 정보가 어느 정도 모였으니 앞으로 아르고 용병단과 제가 우리 목표를 위해 무엇을 해나갈지에 대해 얘기했으면 합니다. 민 실장, 의제가 정리되었으면 진행하지."

민지혜가 고개를 끄덕이고는 스크린에 화면을 띄웠다. 권산이 작성한 정찰 일지와 영상을 기반으로 정리된 자료였다. 첫 화면은 위성 지도였다.

"솔 제국과 6 대 왕국의 존재를 파악했기 때문에 위성지도를 다시 분석해서 각 왕국의 국경을 추정해서 만든 지도예요."

타르시스 전도라고 이름 붙일 만한 지도에는 각국의 면적도 수치화되어 표현되어 있었다. 6 대 왕국은 각자가 비슷한 면적을 가지고 있었는데 그중 남부의 키프록탄이 가장 넓었다. 솔 제국은 6 대 왕국 전체와 비슷한 면적을 가지고 있었다.

"젤란드, 파르티아, 롬바르드는 북쪽의 아케론 지역과 국경을 접하고 있고, 키프론탄, 그라임, 코린트는 동남쪽의 발레스 지역과 국경을 접하고 있죠. 현재 양자 터널에서 가장 가까운 왕국은 젤란드가 되겠지만, 엘프들과의 영토 분쟁 지역과 숙영지가 가까운 편이기 때문에 숙영지를 중심으로 세력을 확장하기는 어려울 것으로 보입니다. 제 판단으로는 원정 중에 제의받으신 대로 젤란드국에서 작위를 받고 합법적인 영지를 획득하면 여러모로 기반을 닦는 데 유리할 것이라 생각해요."

"좋은 의견이군. 다만 작위를 받게 되면 내가 젤란드의 기사로 종속되는 문제가 있어. 불필요하게 이리저리 불려 다닐 가능성이 있으니 좀 더 신중히 생각하자고. 본론으로 넘어가자."

민지혜는 좌중을 한 명씩 바라보며 진지한 어투로 말했다.

"우리는 각자가 여러 목적을 가지고 있죠. 먼저 화성 탐사를 주도한 권산 님은 괴수가 없는 신세계를 찾기 위해 이곳에 오셨어요. 맞죠?"

권산은 고개를 끄덕였다. 사전에 아르고 용병단과 김요한에게 밝힌 화성 탐사의 목적이 그것이지 않던가.

"맞아."

"일단 그게 우리의 최우선 미션입니다. 가장 평화적인 방법은 솔 제국의 황제에게 우리의 정체와 양자 터널의 존재를 알리고 지구인들이 이주할 땅을 얻어내는 방식이겠죠. 이쪽의 봉건제 사회 시스템과 융화하자면 부득이 왕정의 형태로 7번째 왕국을 건국하는 게 어떨까 합니다."

솔 제국과의 담판으로 7번째 왕국을 건국해서 지구인들을 이주시킨다는 계획이다.

되기만 한다면 더할 나위 없겠지만 장밋빛 희망이 많이 녹아 있는 계획이었다.

"그건 가능성이 희박할 것 같군. 다른 계획도 있겠지?"

"그래요. 여기 김요한 박사님께서 건의한 계획이 있어요. 박사님께 발언권을 드리겠습니다."

김요한이 물 잔에 담긴 물을 벌컥벌컥 마시고는 입을 열었다.

"지도를 보며 내가 느낀 것은 아케론과 발레스에 정착하는 것은 불가능하고 역시 타르시스 지역만이 가능성이 있다는 생각이야. 하지만 솔 제국이 사상과 문명 수준이 다른 이방인에게 선의로 땅을 내어주고 자치권을 인정해 줄 기라 순순히 믿기는 어렵지. 해서 좀 과격한 방식을 생각했네. 바로 반

란군과 손을 잡는 것이네. 자네도 기억하겠지만 우리가 양자 터널의 존재를 찾은 것도 그들이 보낸 신호를 잡아냈기 때문이 아닌가. 그들은 지구를 향해 지원을 요청하는 신호를 보냈었지."

"그랬지요. 그들은 자유연합이라는 이름을 가지고 있고, 불사의 황제에 대항해서 싸우고 있다고 한 기억이 납니다. 황제에게는 클론군단과 오크병단이 있다고도 했죠."

"맞네. 바로 그 자유연합과 손을 잡는 것이지. 자네가 정찰 나가 있는 동안 나는 자유연합이 발신한 것으로 추정되는 전파를 잡아내는 데 성공했네. 화성의 수신탑에서 잡아서 감도가 훨씬 좋더군. 그들이 사용하는 주파수를 알아냈으니 우리가 마음만 먹으면 그들과의 무선통신을 연결할 수 있다네. 그다음 적당한 곳에서 접선하고 그들을 지원하는 대가로 영토를 얻어내는 것이지."

"제국과 손을 잡는 것보다는 훨씬 쉽겠군요. 그들의 세력이 얼마나 강한지가 관건입니다."

"그렇다네. 그리고 이번에 자네의 정찰 일지를 쭉 보니 느껴지는 바가 있더군. 우리는 화성에 대해 몰라도 너무 몰라. 적당한 현지인을 우리 측에 포섭하는 건 어떤가?"

"좋은 생각이십니다. 소수가 아니라 우리 측 의뢰를 수행할 다수가 필요할 것 같군요."

민지혜는 아직 의견을 밝히지 않은 미나에게도 발언권을 주었다.

"미나 씨는 화성 미션에 대해 좋은 의견이나 진성그룹 차원의 제안이 있으신가요?"

미나가 머리카락을 쓸어 넘기며 민지혜와 권산을 한 번씩 바라보았다.

"그래요. 진성그룹은 이번 화성 탐사에 지대한 관심을 가지고 있어요. 이미 화성 탐사대의 지휘관 격인 권산 오빠에게도 무제한적인 지원을 약속했고요. 하지만 기본적으로 미래의 비즈니스를 위한 투자 성격이 짙다는 건 다들 짐작하실 거예요. 특히 이번 정찰 일지를 보고 아버지가 가장 크게 관심을 둔 부분은 마법이에요. 마법이라는 우리가 알지 못하는 미지의 힘 자체도 그렇지만 특정 물품에 마법 현상을 이식함으로써 갖게 되는 대중성, 범용성 등에서 강한 사업성을 느끼신 것 같아요. 그래서 핵심 인재 한 명을 탐사대로 보내도 되겠냐고 의견을 보내셨는데 권산 오빠의 생각은 어떤가요?"

"어려운 부탁은 아니군. 한데 어떤 사람이지?"

미나는 스크린에 접속해 자신이 가져온 자료를 띄웠다.

화면에는 지적인 인상의 젊은 남성의 프로필이 올라왔다.

"진성그룹 차세대 에너지 연구소 팀장인 김시영 박사예요. 서울대 최연소 에너지공학 박사로 유명세를 떨친 천재인데 마법 체계를 분석하고 연구하는 적임자로 평가받았죠."
화면을 보던 민지혜가 나직이 중얼거렸다.
"놀랍군요. 그가 화성에 오다니."
권산이 물었다.
"민 실장이 아는 사람이야?"
"네. 제가 서울대 석사 과정에 있을 때 한두 마디 나눈 기억이 있어요. 교수들도 쩔쩔매는 천재인데 조금 4차원적인 기질이 있다는 게 기억에 남네요."
"그래, 미나는 박사가 가급적 빨리 오도록 해줘. 다음 정찰 때 동행하려면 간단한 군사훈련을 받아야 하니까."
"알겠어요."
민지혜는 강철중, 진광, 투견을 보며 물었다.
"용병단 쪽에서는 화성 미션에 대해 의견이 있으신가요?"
강철중이 대표로 나섰다.
"예상치 못한 문제가 하나 있습니다. 이미 김요한 박사님께 자문을 구한 상황입니다만, 아직 단장이 모르시기 때문에 지금 말하도록 하죠. 본론부터 말하자면 이곳에서는 화기들의 발사가 제대로 되질 않습니다. 지금 파악한 바로는 소총, 기관총, 유탄 등을 발사하려고 하면 일단 격발은 되는데 장약이 제대로 폭발하지 않아서 탄두가 날아가는 사거리가 몇 십 미터 수준으로 형편없이 떨어집니다. 당연히 파괴력도 나무판 하나 뚫기 힘든 수준이고요. 당연히 장약에서 충분한 가스를 얻지 못했으니 가스 역류도 안 되서 연사도 불가능하고요. 처음엔 탄약이 불량이라서 그런 줄 알았는데 수백 발을 시험해 봐도 마찬가지입니다."

거기까지 말했을 때 김요한이 손짓하며 자신이 발언하겠다는 제스처를 취했다.

"나머지는 내가 설명하지. 강철중 부단장의 말대로 지구에서 잘 발사되던 탄약류 화기들을 화성에서 사용하면 첫 발만 겨우 쏴지는데 그것도 도저히 실전에 쓰지 못할 만큼 위력이 떨어지더군. 현대식 화기를 화성에서 못 쓴다는 건 정말 큰일이기 때문에 내가 부랴부랴 여러 가지로 좀 알아봤지. 전문 분야가 아니라 좀 힘들었네만 요점은 이러하네. 화성의 대기에는 일종의 온실가스라고 할 수 있는 SF6 가스가 있네. 그 함량이 지구보다 훨씬 높지. 인체에 무해하기도 하고 화성의 평균 온도를 높이는 선작용을 해서 이곳 입장에서 보면 득이 많은 기체이기 때문에 별 관심을 안 가졌네만, 아무래도 그 가스가 원인인 것 같아."

"SF6 가스가 장약의 폭발에 영향을 준다는 말씀이신가요?"

"결론적으로 그렇다네. SF6는 온실가스임과 동시에 불연성 기체야. 이 기체는 대기에 균등하게 퍼져 있다가 총기의 장약이 터지며 강한 연소 작용이 일어나면 산소와 함께 연소실에

섞여 들어가 급격히 소화시켜 버리지. 그 때문에 그런 현상이 생기는 것으로 추정하고 있네."

권산은 아연실색하지 않을 수 없었다.

"그렇다면 화성에서 화기를 제대로 운용하지 못한다는 뜻이 아닙니까? 군인에게 총을 뺏으면 전투력의 반의반도 발휘하지 못합니다. 정말 그 이유겠습니까? 모닥불이나 요리를 하는 일상의 불은 문제없이 잘 타던데요?"

"그래, 그건 나도 테스트해 보았네. SF6는 일상의 불에 영향을 줄 정도는 아니야. 다만 급격한 연소 작용을 방해할 뿐이지. 그러니 탄약처럼 소량의 산화제, 혹은 외부 공기를 흡입 연소시켜 사용하는 무기 체계는 모두 무용지물이라고 볼 수 있다네."

강철중이 다시 말을 덧붙였다.

"수류탄이나 로켓탄처럼 탄약 자체에 산화제가 많이 포함된 폭탄 계열은 정상적으로 폭발합니다. 폭발력이 많이 감소하긴 하지만요. 또 볼트액션식 저격소총이나 펌프액션식 산탄총처럼 반자동 기능이 없이 단발로만 사격하는 타입은 위력이 많이 줄긴 해도 살상력은 나오고 있습니다. 일단 소형화기를 못 쓰게 되었으니 원시적인 냉병기나 투사병기를 용병마다 개성에 맞게 훈련하고 중화기 위주로 용병단을 무장해야 할 듯합니다."

“그래, 일단 그 수밖에 없겠군. 별수 없이 훈련 기간이 조금 필요하겠어. 그래도 강철중과 진광은 단병접전에 상당히 능숙한 것으로 아는데?”

진광이 고개를 절레절레 저었다.

“하하하, 단장님. 나나 강철중이 부대에서는 내로라하는 백병전 고수 소리를 들었지만, 여기 투견 앞에서는 쨉도 안 됩니다. 투견은 박도의 달인이에요.”

“그래?”

권산은 투견의 어깨를 두드려 주고, 자리에서 잠시 일어섰다.

“실은 이 자리에서 모두에게 밝히고 싶은 게 있습니다. 모르시는 분이 있어선 안 될 일이기에 지금 말하겠습니다. 나는 용살문의 문도로서 불구대천의 원수 한 명을 추적하고 그를 죽여야 하는 사명을 가지고 있는데 그자의 이름은 암천마제라 합니다. 믿기 어렵지만 그는 수명이 없는 불사신입니다. 무려 천 년 전부터 무수한 살겁을 저지른 그자는 100년 전 미국의 엑소더스선을 타고 화성으로 넘어와 이곳에 솔 제국을 세우고 시황제의 자리까지 올라간 것으로 생각됩니다. 지금은 3대 황제가 솔 제국을 통치한다고 하지만 무한한 생명을 가진 그가 죽어서 황제의 자리에서 내려왔다고는 상상할 수 없기 때문에 분명 어딘가의 심처에서 아직 제국에 영향력을 행사하고 있을 것이라 생각합니다. 자유연합이란 곳에서 명백히 불사의 황제를 몰아내자고 통신을 보낸 것도 그런 맥락으로 보이고요. 향후 암천마제가 반드시 죽어야만 솔 제국과 담판을 짓는 정공법이든 자유연합과 연수하는 차선책이든 성공할 수 있습니다. 역대 선조들도 실패한 복수를 저 혼자 힘으로는 감히 가능하다 자신할 수 없습니다. 이 일이 성공할 수 있도록 모두의 도움이 필요합니다."

권산은 한 명, 한 명 눈을 마주쳤다. 농담이 아니라는 것은 분위기만 봐도 알았다. 모두의 머릿속에 앞으로 벌어질 화성 미션의 위험성이 훤하게 보였다. 목숨을 걸어야 할 일임에는 틀림이 없었다.

"내가 돕겠네. 화성까지 와서 혼자 둘 수야 없지."

"나야 언제나 오빠 편이죠."

"크하하, 돈 많이 준다고 할 때 알아챘어야 하는데 이렇게 뒤통수입니까? 그 사람, 왠지 무시무시할 거 같은데요?"

"영원한 삶은 없는 법이에요. 권산 님이 암천마제의 종지부를 찍으시죠."

권산은 천천히 미소 지었다.

"그럼 앞으로도 잘해보자."

16장
위대한 발자취II

젤란드의 수도 카르타고.

수도답게 잘 정비된 도로와 성벽, 수로 사이로 일단의 일행이 성문으로 들어섰다.

아그라 요새에 비해서 규모도 규모거니와 심미적인 디자인이 들어가서 그런지 몹시 웅장하고 아름다운 건축물이 많았다.

"와, 정말 대단하네요, 권산 오빠. 뉘른베르크의 중세도시 빰치는데요?"

미나가 로브를 살짝 벗으며 높다란 성벽과 첨탑을 올려다보았다. 권산은 그녀의 머리를 살짝 쥐어박았다.

“주의를 끄는 행동은 하지 마.”

“힝!”

미나의 옆으로 젊은 남자 한 명이 나란히 섰다.

“이곳이 젤란드의 수도라면 역시 마법사 집단이 거주한다는 마탑이 있는 곳이군요. 벌써부터 기대가 되는데요.”

흑발에 170㎝의 키를 가진 마른 인상의 남자였다.

권산은 그가 바로 한 달 전에 양자 터널을 넘어 화성 숙영지에 나타난 김시영 박사임을 상기했다.

확실히 민지혜의 평대로 특이한 성격임에는 틀림이 없었으나 자기 할 몫은 충분히 하고 부지런하여 여정에 방해가 되지는 않았다.

김시영의 옆에는 강철중과 진광이 나란히 따라오고 있었다. 투견은 용병단과 함께 새로이 지급된 점프팩 훈련을 하고 있었다.

그렇게 4남 1녀는 카르타고에 들어가 북적이는 행인들 틈으로 사라졌다.

“어이, 맞지? 초보 모험가 티 팍팍 나지?”

“그러네. 행색을 보니 제법 두둑하게 들고 있겠는데.”

“내가 뭐랬어. 가자.”

활동성이 좋은 밀착된 흑의를 입은 남성 한 명이 조용히 일행의 뒤로 따라붙었다.

둘이 시장 골목을 오가며 이리저리 신호를 보내자 그들의 동료로 보이는 사내들이 하나둘 행인들 틈에서 모습을 드러내었다.

"어이, 하논. 오늘도 냄새를 맡으셨나? 그렇게 돈 모아서 어디다 쓰시게."

"시끄러. 너는 바람만 잘 잡아. 돈 받고 싶으면."

하논은 껄렁대는 사내를 무시하고 목표로 삼은 일행의 뒤를 바짝 따라붙었다.

권산 일행은 카르타고의 지리를 파악하기 위해 대로 주변으로 한동안 걸어갔다.

대로의 끝에는 젤란드 왕궁으로 보이는 웅장한 내성이 보였고, 대로의 좌우로 상업 구역과 그 뒤로 거주 구역이 구분된 구조였다.

왕궁의 옆에는 마탑으로 보이는 원탑형 건축물이 세워져 있었다.

석조로 된 50m 높이의 마탑은 이 세계의 건축술로는 가장 뛰어난 공학적 성과로 일컬어졌다.

"저쪽에 여관이 많아 보여요."

일행이 미나의 손끝을 따라 골목길로 들어서자 일단의 무리가 앞을 막아섰다.
뒤를 돌아보니 골목의 입구 역시 그들의 동료로 보이는 남성들이 껄렁한 태도로 길을 막고 있었다.
가히 좋은 의도로 접근한 건 아닐 터였다.
"누구냐?"
강철중이 묻자 사내들 사이에서 하논이 앞으로 나섰다.
"바쁜 형씨들 같은데 긴말 안 하겠다. 돈주머니와 값나가는 물건은 모두 두고 꺼져라."
강철중이 피식 웃고는 로브를 젖혀 허리춤의 검을 보여주며 말했다.
"굳이 그러고 싶지는 않은데?"
"잘난 검술을 믿는 모양인데 나한테는 안 통해. 얼치기 기사들도 내 주먹질에 여럿 쓴맛을 봤지. 살려줄 때 사라지는 게 좋을 거야."
사내들은 이구동성으로 그의 말에 공감했다.
그의 격투 기술은 대단히 뛰어나서 카르타고의 건달들 사이에서는 그를 추앙하는 이들이 많았다.
나이가 어려서 그렇지 때가 되면 스트리트 길드의 마스터는 그의 차지가 되리라.
"그 잘난 솜씨 좀 볼까."
강철중이 목과 손을 스트레칭하고 뒤를 돌아보자 권산이

고개를 끄덕였다.

강철중의 특공 무술은 특수부대 내에서도 최고 수준이었다. 권산이 인정할 정도이니 저 어린 깡패 놈에게 당하진 않을 터였다.

하논과 강철중이 2미터 거리로 마주 섰고, 맹렬히 시선을 마주치더니 동시에 서로 주먹을 뻗었다.

강철중은 절도 있는 움직임과 타고난 강골에서 나오는 힘찬 타격이 일품이었고, 하논은 민첩한 움직임에 이은 변칙적인 적수공권이 상당했다.

하논이 세 번가량 타격에 성공하면 강철중은 한 번을 적중시키고 있었는데 대미지는 오히려 하논에게 더 쌓이고 있었다.

수십 합 공방을 주고받은 뒤 하논은 허공에서 몸을 뒤틀며 발뒤꿈치로 강철중의 뒤통수를 갈겼다.

순간 하논의 옆구리에 강철중의 팔꿈치가 박혔고, 둘은 동시에 쓰러졌다.

강철중이 머리를 털며 일어섰지만, 하논은 옆구리를 부여잡고 온몸을 뒤틀며 일어서지 못했다.

"으, 으으……."

"더 할까, 아니면 물러날래?"

하논은 동료들의 부축을 받으며 겨우 일어났다. 쪽팔리기는 했으나 수적으로는 자신들이 우위였다. 눈 질끈 감고 명령하면 어찌 되었든 이기는 건 자신들이리라.

하논의 눈에 독기가 차오르는 순간 공기를 꿰뚫는 파공성과 함께 갑자기 자신의 옆에 있던 동료 네 명이 갑자기 의식을 잃고 쓰러졌다.

퍼퍼퍼퍽!

"뭐야!"

하논은 쓰러진 동료들의 미간에 1플로린짜리 작은 동전이 박혀 있는 것을 보고는 깜짝 놀라 권산 일행을 바라보았다. 권산은 한 손으로 동전을 던졌다 받는 것을 반복하며 자신이 출수했음을 간접적으로 보여주었다.

"죽지는 않았다. 동전은 가져오고 눈앞에서 사라져라."

권산의 무미건조한 명령에 하논은 더 어쩌지 못하고 동전을 뽑아서 권산에게 던지고는 동료들과 함께 사라졌다.

날이 서 있지도 않는 동전을 던져서 이마에 박아 넣을 실력이면 자신과 동료들은 떼죽음을 면치 못한다.

하논 무리가 사라지자 진광은 강철중의 어깨를 두드리며 그를 놀리기 바빴다.

"우리 철중이가 십 대 꼬맹이에게 고전했구나. 크하하! 천하의 강철중이가 뒤통수를 맞고 기절할 뻔했어."

"놀리지 마라. 보통 놈이 아니었다."

강철중이 고개를 절레절레 흔들었다. 권산도 그에 한마디를 거들었다.

"저 어린 건달은 체계적인 무술을 배운 적이 없다. 아마 수많은 실전을 겪고 자기류 무술을 만든 모양인데 근골이나 자질은 천재라 할 만하군. 아마 2년쯤 경험을 더 쌓았고 신체 성장이 다 되었다면 당하는 건 강철중 너였을 거야."

강철중은 자존심이 상하긴 했으나 자신도 그리 느끼는 부분이 있었다.

이 세계에서 활동하자면 냉병기나 맨손 격투술에 대해 더 많은 훈련이 필요하다고 느껴졌다.

운 좋게도 그 분야라면 세계 최고의 전문가가 바로 옆에 있었다.

"단장이 좀 가르쳐 주십시오. 총도 없이 돌아다니려니 이거 안 되겠습니다."

"그래, 오늘 싸우는 걸 보니 아무래도 그래야 할 것 같군. 저 꼬마 같은 수준급 상대가 이 세계에 얼마나 많을지 알 수 없으니… 진광도 같이 매일 수련 시간을 내보자."

진광도 반색했다. 내심 권산에게 배움을 얻고 싶은 욕심이 있었던 모양이다.

"네, 단장."

일행은 '카르타고의 노래'라는 여관을 잡았다. 역시 왕도의 여관이라서 그런지 건물은 5층 규모였고 빈방은 많았다.

권산은 큰 방과 작은 방을 하나씩 잡았다.

“1차 목적지인 젤란드에 도착했다. 일단 진광은 김시영 박사를 경호해서 마탑에 다녀와. 어떻게 해야 박사가 마법을 배울 수 있는지 알아봐.”

“네, 단장.”

“강철중은 미나와 함께 젤란드 왕립 도서관에 다녀와. 이 세계의 정보를 파악하는 데 도움이 될 거야. 미나는 쓸 만한 내용을 찾는 대로 이데아에 전송해 줘.”

미나가 귀 뒤에 붙은 WC를 살짝 만지며 웃음 지었다.

“걱정 말아요. 일단 중요해 보이는 서적 위주로 촬영해서 이데아에 전송할게요. 양자연구소에 있는 진성그룹 연구진이 한글로 번역해서 정리까지 해놓을 거예요.”

“좋아. 그럼 나는 일전에 엘로라 동굴 원정 때 알아놓은 인맥을 찾아갈게. 그들을 통해 우리 측에서 포섭 가능한 현지인들을 알아보도록 하지. 그럼 내일부터 바쁘게 움직여 보자.”

*　　　*　　　*

다음 날 아침 여관에서 모두가 식사를 하고 나오는데 여관 앞에 누군가 팔짱을 낀 채 서 있었다.

카르타고에서 당돌하기로는 둘째가라면 서러운 하논이었다.

"넌 또 왜 왔지? 아직도 매가 부족해?"

강철중의 훈계에 하논은 삐딱한 웃음을 짓고 건들거리며 응수했다.

"내가 어제 당신에게 얻어맞고 동료들에게 놀림을 좀 많이 받아서 말이야. 돈이고 뭐고 복수하려고 왔다."

강철중이 상체를 스트레칭하며 또 나서려 하자 권산이 그를 제지하며 하논에게 말했다.

"잠깐. 어제의 대결은 분명히 네가 더 많이 때렸는데 왜 복수하겠다는 거지?"

틀린 말은 아니었다. 강철중이 한 대를 때릴 때 하논은 세 대를 때렸으니까. 하지만 둘의 전투 스타일이 다르고 유효타의 파워도 다르지 않던가.

"하지만 대미지는 내가 더 입었어."

권산은 검지를 들어 좌우로 흔들었다.

"그건 엄밀히 따져서 네 탓이다. 약하게 친 것은 네가 힘이 없어서이지 여기 내 동료가 어떻게 한 것은 아니지 않나. 설마 너는 상대에 따라 힘이 있다가도 없어지고 그런 것이냐?"

권산의 힐난에 하논은 입을 꾹 닫았다. 더 많이 때린 것은 사실이지만 결국 진 것은 자신이다.

권산의 논조가 궤변이라고 느껴졌으나 말주변이 좋지 않은 하논은 특별히 반박할 말을 찾지 못했다. 그렇다고 이대로 돌아서기엔 자존심이 허락지 않았다.

"다 집어치우고 다시 붙자. 이번엔 뼈와 살을 발라주마."

권산은 혀를 쯧쯧 차고는 진광을 바라보았다. 이번에 그가 나서보라는 뜻이다. 진광은 어깨를 으쓱하더니 앞으로 나섰다.

"꼬마야, 이번에는 내가 상대해 주마."

"뭐야? 당신은 빠져."

"겁먹었군, 꼬맹이."

하논은 어깨를 부들부들 떨었다. 길거리 인생 십 수 년 동안 싸우고 또 싸워왔지만 이렇게 자신을 열 받게 만드는 자들이 있었던가.

"오냐, 들어와라, 늙은이!"

하논이 호기롭게 소리치자 진광은 로브와 무기를 벗고 하논에게 돌진했다.

강철중보다 키는 작았지만 탄탄한 근육을 갑옷처럼 두른 진광을 하논은 감히 경시하지 못하고 스텝을 밟으며 회피에 들어갔다.

그러자 기다렸다는 듯이 진광이 진로를 바꿔 따라붙었다.

이미 강철중과의 대결을 통해 하논의 움직임 패턴은 진광에게 노출되어 있었다.

진광은 견제로 뻗어진 몇 방의 주먹을 머리로 받아내며 그대로 태클을 걸었다.

"어, 어, 어……."

하논은 중심을 잃고 넘어가며 진광에게 그대로 마운트 포지션을 내어주었다.

레슬링 기술에 대해 문외한이기에 이토록 어처구니없이 당한 것이다.

진광은 그대로 주먹을 네댓 방 내리꽂았고, 하논의 얼굴은 삽시간에 피투성이로 전락했다.

"진광, 그쯤 해둬."

진광은 일어나서 무기와 로브를 착용했고, 권산은 쓰러진 하논의 옆에 쭈그리고 앉았다.

"꼬마, 이 바닥에서 제법 잘나갔던 모양이다만 상대를 잘못 골랐다. 너는 나름대로 강해지기 위해 노력한 것 같지만, 너처럼 체중이 적게 나가는 사람이 묵직한 체중의 사람을 상대하는 데 제대로 된 노하우가 없는 것 같군. 피하고 치는 수준으로는 안 돼. 지금처럼 상대가 체중을 믿고 뭉개고 들어올 때는 속수무책이거든. 전신 근육의 힘을 한순간에 한 점에 모아서 정권을 내지르는 기술을 익혀보도록."

하논은 서러움에 북받쳐 눈물을 주르륵 흘렸다.

일행은 하논을 그냥 방치해 둔 채 각자 맡은 일을 찾아 흩어졌고, 권산도 행인에게 물어 매튜와 클로라가 살고 있다는 러브레이스 남작가를 찾아갔다.

"여기로군."

귀족의 저택이라서 그런지 왕궁과는 가까운 구역에 있었다.

러브레이스 남작가의 저택은 주변의 다른 귀족 저택에 비해서는 필드의 넓이나 건축물의 크기 면에서 아담한 편이었다.

권산은 정문의 경비병에게 신분을 밝히고 매튜를 만나게 해달라고 요청했다. 잠시 후 집사로 보이는 노인이 나와 권산을 안내했다.

"둘째 도련님의 동료시라고요?"

"그렇습니다."

"마침 저택에 계시니 들어오시죠."

잔디로 가꿔진 정원을 지나 저택으로 들어서자 1층 홀에 웃통을 벗은 채 검술을 수련하는 갈색 머리의 남성이 보였다. 매튜인가 하여 인사하려 했지만 자세히 보니 생김새가 비슷하고 권산보다도 나이가 많은 다른 사람이었다. 그는 집사가 다가오자 턱짓으로 권산을 가리키며 말했다.

"메이슨 집사, 저자는 누구지?"

"둘째 도련님의 동료라고 합니다. 얼마 전 원정 때 만나셨는데 특별히 찾아주셨습니다."

사내의 얼굴이 팍 찡그려졌다.

"얼어 죽을 도련님 소리. 집사, 내가 서출에게 그런 말 쓰지 말라고 하지 않았던가?"

"죄송합니다, 첫째 도련님. 주의하겠습니다."

"됐어. 가봐!"

사내는 오만함이 잔뜩 묻은 표정으로 손을 휘휘 저었다.

권산은 이 대화를 통해 매튜가 서자이며 그로 인해 매튜가 남작가에서 홀대받는 처지임을 알게 되었다.

집사는 저택의 후원으로 권산을 안내했다. 그곳에는 매튜와 클로라가 일상복을 입은 채 차를 마시고 있었다.

"도련님, 손님이 오셨습니다."

"응?"

매튜와 클로라는 다가오는 권산을 보고는 깜짝 놀라서 일어섰다.

"아니, 권산 님이 아니십니까? 역시 우리를 다시 찾아주셨군요."

"오랜만이오, 매튜, 클로라. 수도에 온 김에 한번 들렀소."

원정이 끝난 뒤 두 달가량 지났다.

매튜는 권산과 같은 소드마스터급 강자가 자신을 잊지 않고 찾아왔다는 사실이 기꺼웠다.

집사는 차를 더 내오겠다고 하며 저택으로 돌아갔고 셋은 테이블에 둘러앉았다.

"저택의 홀에서 당신의 형님을 만났소."

매튜의 안색이 급격히 어두워졌다.

"아, 제라드 형님을 보셨군요."

"당신과는 달리 상당히 차가운 성격이시더군."

매튜는 고개를 저었다.

"그런 말씀 마십시오. 형님이 오만한 성품이긴 하지만 서출인 저와 클로라를 내치지 않고 수도의 저택에서 살게 해준 것도 형님입니다."

권산은 쓴웃음을 지으며 고개를 저었다. 귀족 출신인 정부인에게서 제라드가 태어났고, 평민 출신인 둘째 부인에게서 매튜와 클로라가 태어났기에 둘은 서출이라는 멍에를 짊어지고 사는 것이다.

매튜의 무난하며 친절한 성격은 그가 이런 환경에서 살아남기 위해 둥글둥글하게 성격을 가다듬은 결과로 보였다.

권산이 수도까지 오면서 들은 풍월로 보자면 귀족가의 서출이란 신분은 귀족이었으니 부친의 영지나 재산에 대한 상속권이 없는 데다 그들이 낳은 자식은 평민이 되기 때문에 속된 말로 빛 좋은 개살구라 할 만했다.

매튜와 클로라가 귀족 신분이면서도 험한 모험가 생활을 하며 돈을 모으는 이유는 아마도 러브레이스 가문에서 독립하고자 하는 의지가 있기 때문이리라.

"그동안 고생이 많았겠소."

"하하, 그래도 성년이 되고부터는 클로라와 이곳 카르타고의 저택에서 같이 살았고, 아버지와 형님은 러브레이스 영지에서 살았으니 그리 얼굴 볼 일도 없었어요. 얼마 전 왕궁에서 긴급 영주 회의를 소집하는 바람에 아버지가 왕도에 오셨고, 그때 형님을 대동하셨기 때문에 형님이 지금 이곳에 계신 것이죠."

"긴급 영주 회의라면?"

"그러니까 젤란드 북부의 노바첵 영지를 다스리던 가름 노바첵 남작이 후대를 못 본 상태에서 몬스터와의 싸움 중에 급사를 했어요. 그래서 영지가 공백지가 됐는데, 젤란드 왕궁 입장에서는 한시바삐 새로운 귀족을 보내서 안정을 시켜야 하기 때문에 누굴 보내 다스릴지에 대해 왕궁에서 회의를 연 것이죠. 노바첵 영지는 영지 규모는 작고 몬스터의 습격도 잦지만, 광산이 있어서 영지는 부유한 편이지요. 그래서 많은 귀족들이 이런저런 이유를 대며 왕실에 권리를 주장하고 있다고 하더군요."

"그런 일은 쉽게 누군가로 결정하면 특혜 시비가 일기 때문에 왕실에서도 곤욕스럽겠군요."

"맞아요. 그래서 라트로 국왕이 직접 추수제 기간 동안 왕실 주관 검술대회를 통해 노바첵 영지의 새 주인을 결정하겠다고 공표했지요."

"현명한 판단이로군. 그럼 매튜 당신에게도 유리한 기회가 아니오? 러브레이스 가문에 계속 있을 수 없다면 새로운 보금자리를 찾아야 할 것 같은데 말이오."

매튜는 권산의 제의에 아연실색했다.

"제가요? 물론 서출이라 해도 일단 귀족이니 지원은 가능합니다만, 제 실력으로는 검술대회 우승은 어림없는 데다 적자가 아니기 때문에 노바첵 영지를 받으려면 그 가문의 양자가 되어 노바첵으로 성을 바꿔야 합니다. 아버지가 허락하실 리 없어요."

권산은 다시금 진지하게 제의했다.

"그건 매튜 당신이 너무 단순하게 생각하는 것이오. 실리적으로 그깟 성씨가 노바첵으로 바뀐다 한들 러브레이스 가문의 피가 어디 가는 것도 아닌데 부친께서 무조건 반대만 할 일도 아니오. 그리고 꼭 신청한 본인이 출전해야 하진 않을 것 같은데? 늙은 귀족들을 위해 당연히 휘하 기사가 대리 출전하는 대전사도 허용하지 않소?"

"그, 그건 그렇습니다."

권산은 머릿속이 환하게 개는 느낌을 받았다.

젤란드 북부의 영지인 데다 몬스터가 자주 출몰한다는 것을 보니 엘프 영토와의 경계점이 분명했다.

그렇다면 화성 숙영지와의 거리도 가까운 편이리라.

매튜가 장악한 노바첵 영지에 기반을 잡고 그곳에 현지인 조직을 만들면 굳이 권산 스스로가 젤란드에 속박된 귀족이 되지 않아도 영지를 얻은 것과 진배없는 결론이다.

"내가 대전사로 나서겠소. 어떻소? 도전해 보겠소?"

매튜는 심각하게 고민했으나 오래지 않아 천천히 고개를 끄덕였다.

이대로 언제까지 러브레이스 가문에 살 수는 없었다.

때가 되면 제라드에게 영지와 재산이 상속될 것이고, 자신은 자연스레 저택을 나가 평민의 구역에서 평민의 삶을 살게 될 터였다.

그것이 일반적으로 서출들이 걷는 길이었다.

"추수제라면 이제 이 주일밖에 안 남았습니다. 권산 님이 꼭 우승하시리라 믿습니다. 우승하시면 왕실에서 부상품으로 내건 마법종자를 드리겠습니다. 팬텀 아머라는 이름의 아티팩트인데 착용 전에는 흑마의 형상으로 주인이 탑승해서 몰고 다닐 수도 있는 모양입니다."

권산은 마크가 데리고 다니던 마법종자를 상기했다.

개의 모습인 마법종자였는데 평상시에는 짐과 무기를 싣고 다니다가 비상시에는 해체되어 갑옷으로 변신하는 모습을 똑똑히 보았다.

더구나 개보다는 몇 배나 크며 탈것으로도 가능한 흑마 형상의 마법종자라니 그 효용은 두말할 것 없이 최고일 터였다.

권산은 다시 찾아오겠다는 말을 남기고 여관으로 돌아갔다. 여관에는 진광과 김시영만이 먼저 와 있었다. 권산은 진광에게 물었다.

“갔던 일은 어떻게 되었어?”

“문전박대 당했습니다. 생각 이상으로 폐쇄적인 집단이더라고요.”

진광은 마탑에서 무슨 일이 있었는지 설명했다. 마법을 배우고 싶은 사람은 지능 테스트를 한 뒤 마탑에서 받아들일지 결정하기는 하지만 그전에 신분을 증명할 수 있는 공증인의 소개장이 먼저 있어야 했다.

타국의 첩자가 들어와 마법학파가 가지고 있는 고유의 마법 이론을 빼내가는 것을 막기 위한 조치였다.

가장 확실한 공증인은 젤란드 왕실 인사, 혹은 젤란드 마탑 출신 마법사라고 했다.

그 말을 들으니 권산은 생각나는 사람이 있었다.

'풍법사 로렌이 마탑에 연락을 넣으면 자신을 찾을 수 있다고 했던가.'

권산은 둘과 함께 마탑을 다시 방문하여 마탑 1층에서 풍법사 로렌을 찾았다.

운이 좋게도 그녀는 마탑 안에 있었는지 얼마 되지 않아 나타났고, 그녀에게 김시영을 소개했다.

그녀는 권산의 부탁을 받아들여 소개장을 써주기로 했으나 김시영의 지능이 과연 마법사 집단에서 받아들일 만한 자격이 있는지 확인하고 싶어 했다.

"무례하다고 생각해도 어쩔 수 없어요. 통상 IQ가 160 이상 되지 않으면 마법 이론 기초도 이해하지 못하거든요."

별도의 방에서 로렌은 김시영과 30분 정도 대담을 했고, 완전히 감탄한 얼굴로 빠져나왔다.

"정말 대단한 사람을 데려왔군요, 권산. 그라면 마법사가 될 자격이 넘치도록 있어요. 저 정도 지능이라면 기억 주입의 룬을 써도 대부분 받아들일 수 있을 것 같군요."

"그게 무엇이오?"

"마법의 학문 체계는 방대해요. 본래 엘프의 학문인지라 이를 제대로 습득하기에는 인간의 수명이 엘프에 비해 너무 짧죠. 그래서 뇌가 허용하는 선까지 기억 주입의 룬이라는 마법

도구를 이용해 기억을 때려 넣는 거예요. 저 같은 경우는 룬에 저장된 기억 중에 70%를 받아들이는 데 성공했지만, 시영은 90% 이상도 가능할 것 같아요. 마법을 쓰기 위해 몸에 써클을 쌓는 것은 그다음 문제지만요."

"고맙소, 로렌."

"그럼 다음에 또 봐요."

로렌은 김시영과 함께 마탑 2층으로 올라갔고, 권산은 진광과 함께 여관으로 돌아왔다.

김시영도 위성 접속 단말기를 가지고 있으니 때가 되면 정기적으로 연락이 올 터였다.

그렇게 화성 미션을 향한 권산의 여정이 한 발, 한 발 진행되고 있었다.

『헬리오스 나인』 4권에 계속…

이제부터 전자책은

이젠북

www.ezenbook.co.kr

새로운 세계가 열린다!

김재한 『성운을 먹는 자』
니콜로 『마왕의 게임』
이경영 『그라니트:용들의 땅』
탁목조 『일곱 번째 달의 무르무르』
강성곤 『메이저리거』
철백 『대무사』
가프 『궁극의 쉐프』
문용신 『절대호위』
천지무천 『변혁 1990』
SOKIN 『코더 이용호』

이름만 들어도 황홀할 정도의 별들의 향연!

이들의 "유료연재"가 시작됩니다!

검색창에 **이젠북**을 쳐보세요! ▼

초대형 24시 만화방

신간 100%, 샤워실, 흡연실, 수면실(침대석), 커플석, 세탁기 완비

▪ 광명 광명사거리역점 ▪

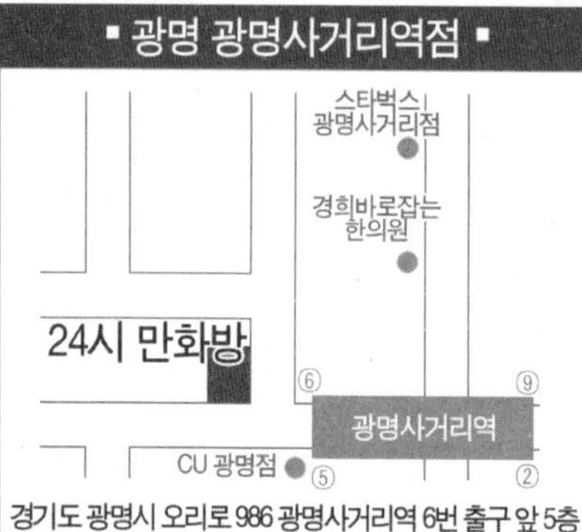

경기도 광명시 오리로 986 광명사거리역 6번 출구 앞 5층
02) 2625-9940 (솔목타워 5층)

▪ 강북 노원역점 ▪

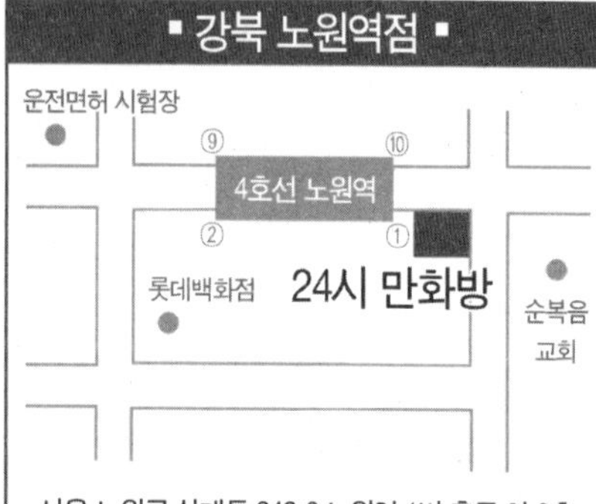

서울 노원구 상계동 340-6 노원역 1번 출구 앞 3층
02) 951-8324 (화용빌딩 3층)

▪ 일산 정발산역점 ▪

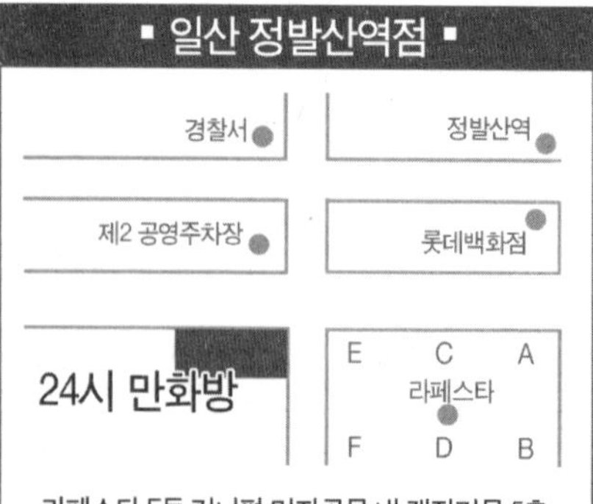

라페스타 E동 건너편 먹자골목 내 객잔건물 5층
031) 914-1957

▪ 일산 화정역점 ▪

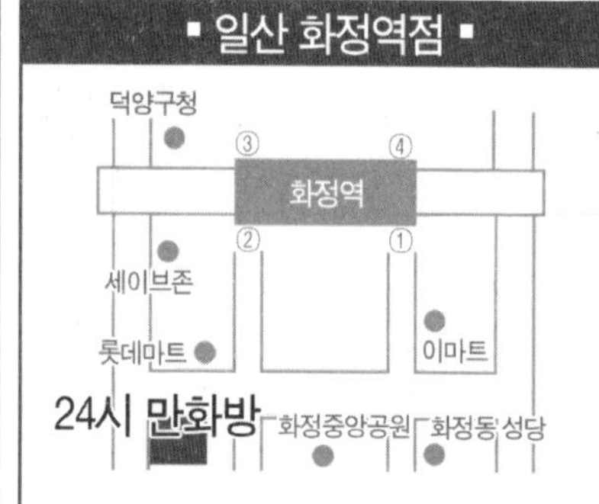

경기도 고양시 덕양구 화정동 984번지 서일빌딩 7층
031) 979-4874 (서일사우나 건물 7층)

▪ 부천 역곡역점 ▪

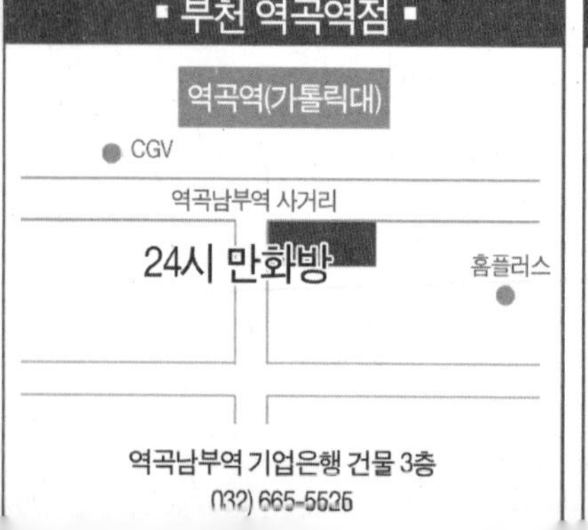

역곡남부역 기업은행 건물 3층
032) 665-5626

▪ 부평역점 ▪

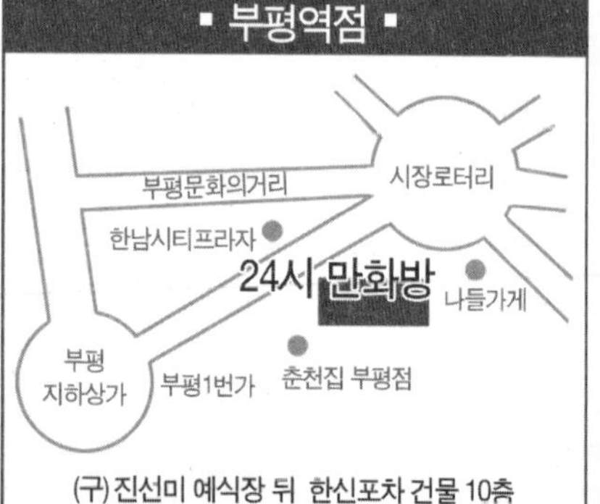

(구) 진선미 예식장 뒤 한신포차 건물 10층
032) 522-2871

이성현 장편소설

FUSION FANTASTIC STORY

30인의 회귀자

100인의 결사대가 결성된 지 10년,
생존자는 30명뿐!

"이번 생은 실패로 끝났지만
또 한 번의 기회를 손에 쥐었다."

기억을 지닌 채 과거로 돌아가는 비법,
시간 회귀술을 손에 넣은 결사대는
과연 미래를 바꿀 수 있을 것인가!

전생을 잊지 못한 이들의 일대기가 시작된다!

Book Publishing CHUNGEORAM

유행이 아닌 자유추구 -
WWW.chungeoram.com

FUSION FANTASTIC

박골 장편소설

내 손끝의 탑스타

그의 손이 닿으면 모두 탑스타가 된다?!

우연히 10년 전으로 회귀한 매니저 김현우.
그리고 그의 눈앞에 나타난 황금빛 스타!

그는 뛰어난 처세술과 냉철한 판단력으로
다사다난한 연예계를 돌파해 나가는데……

돈도, 힘도, 빽도 없지만 우리에겐 능력이 있다!

김현우와 어울림 엔터테인먼트의
통쾌한 성공기가 지금부터 시작된다!

Book Publishing CHUNGEORAM

FUSION FANTASTIC STORY

요람 장편소설

전장의 저격수

사회 부적응자이자 아웃사이더인 석영은
게임을 하다 지구의 종말을 맞이한다.

episode1:
잠에서 깬 용사의 시대를 시작하시겠습니까?
Y/N

하지만 깨어나 보니 세상은 멸망하지 않았다.
아니, 현실 같은 게임 속 세상이 펼쳐져 있었다!

현실보다 더 험난한 '리얼 라니아(real RAnia)'.
과연 석영은 살아남을 수 있을 것인가.

이제, 리얼 라니아의 전설이 시작된다!

Book Publishing CHUNGEORAM

유행이 아닌 자유추구 -
WWW.chungeoram.com

FUSION FANTASTIC STORY 류승현 장편소설

리턴 마스터

2041년, 인류는 귀환자에 의해 멸망했다.

최후의 인류 저항군인 문주한.
그는 인류를 구하고 모든 것을 다시 되돌리기 위하여
회귀의 반지를 이용해 20년 전으로 돌아갔다. 하지만…….

"어째서 다른 인간의 몸으로 돌아온 거지?"

그가 회귀한 곳은 20년 전의 자신도, 지구도 아니었다!

**다른 이의 몸으로 판타지 차원에
떨어져 버린 문주한.
그는 과연 인류를 구원할 수 있을 것인가!**

Book Publishing CHUNGEORAM

유행이 아닌 자유추구 -
www.chungeoram.com